HV

Welcome to Dongmakgol

トンマッコルへようこそ

チャン・ジン＝原案・脚本
パク・クァンヒョン＝脚本
和佐田道子＝編訳

角川文庫 14402

Novelization by Michiko Wasada
Published in Japan
by Kadokawa Shoten Publishing Co., Ltd.

目　次

主な登場人物

人民軍の兵士

リ・スファ　中隊長

チャン・ヨンヒ　下士官

ソ・テッキ　少年兵

韓国軍の兵士

ピョ・ヒョンチョル　少尉

ムン・サンサン　衛生兵

国連軍

ニール・スミス　アメリカ軍の大尉

トンマッコル村の住人

村長　心温かな老人

ヨイル　天真爛漫《てんしんらんまん》な少女

キム　村の子供たちの先生

ドング　9歳のやんちゃな子供

村の男たち

ダルス／ヨンボン／ソギョン／クァンジェ

プロローグ

昔々、朝鮮半島の真ん中あたりに位置する、とある場所——正確には、現在の韓国江原道《カンウオンド》平昌郡《ピョンチャングン》太白山脈咸白山《テベクハムベク》の奥深いところ——に〝トンマッコル〟という村がありました。その名前〝トンマッコル〟とは〝子供のように純粋な村〟という意味で、いつからそう呼ばれているのか、誰が名づけたのかわかりませんが、トンマッコルに生まれ育った村人たちによると、そこはずうっと昔から、そのように呼ばれていたんだそうです。

そして、信じられないことに……人里離れた山奥に暮らすトンマッコルの村人たちは、外界から隔絶されていたために、侵略や戦争といった国家間をはじめとする人間同士の争い事について、まったく知りませんでした。

平和な世界しか理解することができないトンマッコルの人たちには、人間同士が対立するという概念さえ存在せず、彼らはいつも協力しあって自給自足の生活を営んできました。仲良く畑を耕し、みんなで作物を植えてから一緒に収穫する。とれた食べ物は全員で平等に分かち合い、自分の子供も他人の子供も分け隔てなく育《はぐく》む——そんな理想郷のような村には、誰かに怒ったり、誰かに暴力を振るったりすることじたい、不思議に思われることではありました。

そんなトンマッコルの村へ続く道——村の入り口の山道——には争いを知らない村人たちを象徴するような石像の守り神がいくつも置かれていました。

その石像の頭は胴体よりずっと大きく、わらで出来た笠《かさ》のような帽子をかぶり、そのからだはすっぽりと、黄色くてやわらかそうなわらのマントに包まれていました。

わらに囲まれた間からは……大きな鼻と、かなりタレ気味の眼と、微笑みをたたえた口……そんなユーモラスな表情を浮かべたお面の顔を覗《のぞ》かせています。下がった目尻《めじり》は何か嬉《うれ》しいことに出会ったかのように、目を細めてにこにこしていますし、口角を上げて笑っている口元もたいへん愛嬌《あいきょう》があるのです。それはまるで、いつも穏やかな笑みを浮かべ、怒りの感情を知らないトンマッコルの村人たちを体現しているような石像でした。

このように、トンマッコルの村へ入る道を歩くときはいつも、こうしてにっこり笑った石像たちが出迎えてくれるのです。それは、石で村人たちが作ったトルハルバンという石像であり、トンマッコルを守る神様でもあり、村のシンボルでもあった、ということです。

第1章

戦争からこぼれ落ちた男たち

第二次大戦後の米・ソ対立を背景に、朝鮮半島を分断して成り立った二つの国家、大韓民国（韓国・韓国軍）と朝鮮民主主義人民共和国（北朝鮮・人民軍）の間で、一九五〇年六月二十五日未明、朝鮮戦争が勃発しました。

戦況は、当初人民軍が圧倒的に優勢で、首都ソウルを占領された韓国軍は、国連軍の参戦もむなしく釜山《プサン》付近まで追いつめられたのです。

しかし、戦闘が激しさを増した一九五〇年九月十五日。司令官マッカーサーの指揮で国連軍は仁川《インチヨン》上陸に成功しました。そして、韓国軍と国連軍はそれまでの不利な戦況を覆すべく、猛然と反撃を開始したのです。

一気に盛り返した両軍は三十八度線を突破して中国国境付近まで北進しました。一方、敵に追いつめられ、退却を余儀なくされた人民軍は孤立し、その多くが命を失いました。命からがら深い山奥に逃れた兵士たちも何らかの傷を負っているか、充分な補給を受けられずに飢えて疲れ切っていました。韓国軍と国連軍は人民軍を掃討《そうとう》するため、あちこちで無差別攻撃を加えましたが、その中には民間人の村も多くあったということです。

1　墜落　〜国連軍の空軍パイロット〜

仁川上陸成功後、人民軍から首都奪還をめざす韓国軍と国連軍は九月二十六日から三日間、ソウルで激烈な市街戦を繰り広げました。両軍がソウル市内をほぼ制圧すると、マッカーサーは三十八度線を越えてさらなる北進を主張しました。統合参謀本部はマッカーサーの北進作戦を条件付きで承認したため、アメリカ軍の空軍パイロットで大尉のニール・スミスは、三十八度線付近の偵察任務を命じられたのでした。

スミスは偵察機A1機に乗って、北緯三十八度線あたりの静かな山中をひとり飛行していました。北方に逃走した人民軍の生き残りが山中に潜んでいないか、その動向を空から探ることが彼に課せられた任務でしたが、九月の終わりを過ぎてもなおまだむし暑い天気のせいか、山の美しい緑はますます濃く、そのしいんとした静けさは、とても戦争中とは信じられないものでした。

テキサス州出身の白人パイロット、スミス大尉は三十二歳。飛行時間は通算三万時間を超え、ベテランの域に到達している男でした。栗色の髪はくるくると渦巻いた天然の巻き毛で、額の左右均等に大きな剃《そ》りこみが入り、いかにもアングロ・サクソン人的な細長い顔の輪郭を、髪の毛と同じ色の髭《ひげ》が囲んでいました。

慎重に飛行していたスミスでしたが、突如、前代未聞のトラブルに見舞われてしまいました。

いきなり、左のプロペラが停止し、エンジンがおかしな唸《うな》り声をあげるようになったのです。これまで聞いたことのない、擦れるような金属音が、どおんどおんとスミスの耳に響きます。パニックに陥った彼がなす術《すべ》もなく、ただ焦っているうちに——あれよあれよという間にとうとう操縦桿《かん》は制御不能となっていき——もはや絶体絶命のスミスはものすごい形相で、ひとりむなしく叫びました。

「ああ〜っ!!」

その瞬間。スミスの目の前に、白い蝶《ちょう》が舞っているのが見えたそうです。

「えっ!?」

こんなところに蝶が？　と、彼が目を凝らしたそのとき。エンジンはさらに哀しい唸り声をあげました。

最後に、助けを求める人の叫び声のような、にぶい機械音がして、スミスはエンジンが止まったことを悟りました。彼は非常事態の訓練として、アメリカの空軍基地で繰り返してきた胴体着陸をすることにしました。一か八かの賭《か》けでしたが、助かるために、彼に残された方法はそれしかなかったのです。

やむなく、山中へ必死で胴体着陸を試みたものの。大きな機体ごと山の頂上に滑り込んだA1機は勢いあまって、緑地の上をまるでジェット・コースターのように滑り降り始めました。

「うわあーっ!!」

ものすごいスピードで、山頂の緑面を削りながら滑っていくコクピットの中で、顔面蒼《そう》白《はく》になったスミスは悲鳴をあげていました。

「ひえぇーっ!!」

すると、目の前に大きな岩が現れた……かと思うと……飛行機はそのままその岩に激突して……ついに止まりました。目の前が真っ暗になると同時に、スミスは意識を失ってしまったのです。

ソウルの金浦《キンポ》空港にある国連軍空軍司令部では、スミスの上官が緑色のレーダー画面を見ながらがっくりと肩を落としていました。

「A1機が飛行場を飛び立ってから、はや五時間。……何度無線で呼びかけても、返事はない……」

そのまましばらく俯《うつむ》いていましたが、とうとう決心した彼は部下へ指示しました。

「司令官に報告しろ！」

「了解」

おそらく、山中に潜む人民軍に撃墜されたのだろう――司令部で、危険な地域の偵察任務に就いたスミスの命が絶望的だ、と判断されている同じ頃。

当の本人は、命からがら、墜落した飛行機から自力で逃げ出しているところでした。最後の力をふりしぼって脱出したスミスでしたが、あちこち骨折したあげく、全身をひどく打っていました。瀕死《ひんし》の彼は、飛行機にもたれたまま、ふたたび気を失ってしまいました。

そんな男の悲劇を……唯一、目撃していた少女がいました。名前はヨイル。トンマッコルに住む彼女は、野原でひとり遊んでいたところ、たまたま頭の上を飛んでいくスミスの飛行機を見ていたのです。

彼女は、生まれて初めて見る飛行機を見上げて、なんて大きな鳥だろう、と思ったのでした。その大きな緑色の鳥にむかって、バイバイ、と彼女が無邪気に手を振った瞬間。スミスの飛行機は、山頂の岩へ突っ込んだのです。大きな炎を上げて飛行機の一部が炎上し、中から這《は》い出てきた男がぐったりしているのを見たヨイルは、大急ぎでトンマッコルの村人たちへ知らせに戻ったのでした。

2　退却　～人民軍の三人の兵士たち～

翌々日。

ソウルの市街戦に敗れた北朝鮮人民軍の部隊は、それぞれが散り散りになって北方へと遁走《とんそう》していました。

人民軍の中隊長リ・スファも自分の部隊を率いて北へ続く山中に撤退し、切り立った岩場を歩いていました。今年の夏は雨が少なく、川が涸《か》れ果てたような険しい岩場です。彼の部隊の被害も甚大で、人数が半分以下になっていただけでなく、生き残った者の何人かは重傷者で、自力では歩けず担架で運ばれている者も何人かいました。武器も食糧も底をつき、実際に、スファの部隊は壊滅状態だったのです。九月末でも太陽は真夏のようにじりじりと照りつけ、疲れ切った兵士たちは無言のまま、隊列には不気味な沈黙が漂っていました。

そうして、黙々と歩いて退却する中隊長リ・スファのすぐ後ろを歩く副官が、ふと歩みを止めました。スファが振り返ると、副官は険しい表情で進言したのです。

「将校同志、これ以上、全員で動いたら破滅です」

副官は顎《あご》で部下に命じ、少年兵をはじめとする負傷者たちを撃ち殺すよう、無言で合図を送りました。副官の指示で、疲弊した隊の中でもかろうじて元気な兵士たちが、すぐに小銃を構えます。突如、味方に銃を向けられた負傷者たちは、一瞬何がおこっているかわからないという顔をしましたが、副官はスファに迫りました。

「将校同志、射殺命令をお出しください。……ここでご決断を」

スファは、副官の表情から〝逃走に足手まといになる負傷者をさっさと殺せ〟という無言の圧力を見て取り、複雑な気持ちになりました。と同時に、自分の中で、ある種の葛藤《かっとう》も起こっていたのです。

すると、右脚しかないひとりの負傷兵が……まだ十代はじめの少年兵です。その彼が必死にスファへ懇願しました。

「助けてください!!　お願いです！　将校同志！　一緒に連れて行ってください！」

スファがなんともいえない気持ちで、全身ぐるぐる巻きの包帯から血が滲《にじ》み出ている彼の顔を見やると、非情にも、副官が非難をこめた口調で少年兵に訊《たず》ねました。

「ダメだ。それとも上官の命令に従わないつもりか？」

「連れて行ってください！」

少年兵は副官の問いかけを無視したまま、部隊のトップである中隊長のスファへむかって、なおも主張しています。険しい表情の副官は、諭すように少年兵へ告げました。

「同志たち……勝手は許されない」

砲撃を受けたせいで、左脚が吹っ飛んでいる少年兵は、岩場の上で、両手を使って残った片脚でにじり寄るように動いて見せました。

「ちゃんと歩けます！……この通り……ほら、歩けます！」

少年兵の必死の声だけが、あたりに大きく響き渡り、周囲の兵士たちはみな固唾《かたず》を呑《の》んで見守っています。

「ひとりで歩けます！」

あわれな少年兵は、スファにむかって懸命に訴えています。たまらなくなったスファは思わず目を逸らしました。

一方、上官の迷いを鋭い目線で見逃さなかった副官は、スファを叱るようにどなりつけました。

「将校同志!!」

部下の物言いにとうとう我慢できなくなったスファは、かっとなって副官の胸倉を摑《つか》みました。

「黙れ！　これ以上くだらないことをほざいたらお前を殺すぞ！……全員連れて行く」

そう言って、決意して背中を向けたスファに……今度は……なんと副官が拳銃の銃口を向けたのです。スファが信じられないという顔で副官を見た瞬間、彼の拳銃は上官であるスファをしっかりと捕らえていました。

部下に撃たれる、とスファが思ったその瞬間。

突然、谷底をつんざくような銃声が響き渡り、どこから飛んできたのかわからない複数の弾が、副官の頭部を貫きました。うっ、と息をつまらせながら、副官は後方に倒れこんだのです。

それは、近くで潜んでいたらしい、韓国軍か国連軍による奇襲攻撃でした。

すぐに機関銃から連射で弾が撃ち込まれたため、小銃を持っていた人民軍の兵士たちは撃ち返す暇も与えられず、その場にばたばたと倒れました。

スファたちはかろうじて、持っていた拳銃や小銃を使って一斉に応戦しましたが、瞬く間にそのほとんどが撃たれてしまいました。手榴弾《しゅりゅうだん》が飛んでくると同時に、彼らの頭や手の一部が一瞬にしてすっ飛びました。敵の狙撃銃から一連射されると、弾丸は容赦なく人民軍兵士の頭や胸、腹へと吸い込まれていったのです。

岩場に倒れた兵士たちの、人民軍の軍色である桑染色の帽子や軍服が、みるみるうちに朱に染まります。

大きな岩陰から、クロムグリーンのヘルメットをかぶった国連軍の兵士たちが執拗《しつよう》に発砲し続けていました。敵は数十人はいるはずで、数メートル離れた岩場からも、暗い緑色の軍服に身を包んだ国連軍兵士が自動小銃を撃ち続けています。何十挺《ちょう》もの銃口から火薬と硝煙が上がり、あたりは白く煙っています。スファは周囲の宙を、いたるところから飛んでくる弾丸が裂いていくのを感じながら、わけがわからないまま、がむしゃらに拳銃を撃ち続けました。

白煙のなか、スファは敵が投げた手榴弾がころころと転がっていくのを見ました。それは、すぐ近くで目をつぶったまま小銃をメチャクチャに乱射している少年兵、ソ・テッキの足元で止まったのです。思わず、

「危ない!!」

叫んだスファは、咄嗟《とっさ》にテッキの身体を抱え、少し離れたところへすっ飛んで伏せました。

物凄《ものすご》い爆音とともに手榴弾が爆発してしまうと、スファはすぐ少年兵に「立て!」と怒鳴って、拳銃を撃ちながら、生き残った数人の部下とともにその場から退却しました。

スファたちが姿を消したあと。岩場には、人民軍の兵士たちの死体が、広がった血だまりの上に横たわっていました。そして、最後に、その場に生きながらも残されたのは、左脚を失っていたあの少年兵でした。武器ももたず、不自由な脚では抵抗する術《すべ》もなく。

「同志たち……」

と、ただその場に座り込んだ彼を、国連軍の兵士たち七、八人が取り囲みました。仲間に見捨てられた彼は、胸に何発もの銃弾を撃ち込まれ、噴き出した血と一緒にのけぞるように後ろに倒れて死んだのです。

岩場には、数多くの死体とともに、赤く染まった少年兵の帽子が、潰《つぶ》れたように転がっていました。血まみれのその帽子は、国連軍が荒々しくその現場を立ち去るさい、兵士たちに何度も踏みつけにされていました。

人民軍の中隊長リ・スファは生き残った三人の部下を連れて、岩壁をしがみつくように移動していました。三人のうちのひとり——人のよさそうな丸顔の中年男——下士官のチャン・ヨンヒが、岩にしがみつきながら、先頭を行くスファに不安そうに訊ねます。

「こんな険しい山道を歩いて、いつ平壌《ピョンヤン》に着くんですか?」

「敵に殺されたくなければ、黙ってついて来い」

スファが励ますと、チャン・ヨンヒはますます心配そうに続けました。

「このまま歩けば、命は助かるんですか？」

「心配するな。私はいつも同志たちを守ろうと努力し……」

そうスファが言い終わらないうちに、少年兵ソ・テッキと下士官のチャン・ヨンヒの間で、岩にしがみついていた兵士が手を滑らせて谷底へと落ちていってしまいました。

「ああ～っ!!」

谷底にこだまする部下の叫び声を聞きながら、スファは悔しそうにひとこと呟《つぶや》きました。

「……チクショウ……」

兵士が小銃とともに谷底に落下した音を確認したソ・テッキは、あまりの恐怖にさらに目を見開いたのです。


こうして、とうとう、部隊の最後の生き残りとなった中隊長リ・スファは、下士官のチャン・ヨンヒと少年兵ソ・テッキと山奥へ逃げおおせました。夏山の面影を残す森の中は本当に静かで、青々としたモミジが生い茂っています。

ようやく追手がこないところまで逃げてきた三人は、初めて休憩を取ることにしました。スファが腰を下ろすと、あとの二人が座ります。下士官のチャン・ヨンヒがおいしそうに水筒の水をごくりと飲みました。両腕を胸の前で組んで背筋を伸ばしたスファはあぐらをかいて座ったまま、目をつぶって言います。

「日没後に移動だ。少し眠っておけ」

どことなく表情に幼さの残る少年兵のテッキは、自分のカバンの中から折り畳まれた北朝鮮の旗をこっそり取り出すと、丁寧に開いてひとり、それをしみじみと眺めました。

自分と同じような少年兵が今日、敵にやられて次々と死んでいったのです。国のために闘うって、いったいどういうことなんだろう……と、今自分が直面している過酷な現実について、テッキはあらためて考えていました。

3　脱走　〜韓国軍から逃げ出したふたり〜

同じ頃。

韓国軍の衛生兵ムン・サンサンはひとり、ヘルメットがずり落ちそうになるのを押さえながら懸命に森の中を走っていました。実は、彼は激戦に続く激戦に耐えられず、命からがら所属部隊から逃亡してきたのです。ジャングルのような山中に、韓国軍独特の緑青色の軍服で忍び込んでしまえば、もう誰にもわからないはずでした。

午前中から、ずっと走りどおしだった彼はようやく、持ってきた乾パンの袋を開けて、数個を口の中に押し込みました。すると、乾いた口の中で息がつまりそうになります。むせ込んだサンサンは、慌てて脇に下げた水筒を取り出して、水と一緒に飲み込もうとしました。

そのとき、遠くからカラン、という金属音が聞こえました。

なんだろう？　なにげなく、サンサンが音の響いた方向を見ると、少し離れた大木に兵士とおぼしき男がもたれかかっています。その彼が着ている軍服を目にして、サンサンは咄嗟に、さっと、身を伏せました。

敵の人民軍だったら、一巻のおわりです。衛生兵として、主に負傷兵の治療・救援に従事してきた彼は、護身用にたえず小銃を携帯しているものの、そもそも銃器の扱いには慣れていませんでしたし、もともと戦闘訓練も苦手で、その心構えさえもじゅうぶんではなかったのです。

しかし、サンサンがもう一度、おそるおそるその男のほうを見ると、木にもたれかかったその男は――サンサンと同じ韓国軍の緑青色の軍服を着ていました。そして、彼は――細長い99式短小銃の銃口を自分の顎《あご》の下に当てているのです。

それは――その人は、まさに、自殺を図ろうとしている韓国軍の少尉ピョ・ヒョンチョルでした。

咄嗟に、サンサンはその男のほうへ駆け出し、とびつくようにすばやく99式短小銃を奪いました。

そして、肩で大きく息をしながら訊《き》きました。

「そこで何を？　何してるんですかっ？　ちょっと！」

すると、死に損なった恰好《かっこう》のピョ少尉は「よくも邪魔をしやがったな」という顔でサンサンを睨《にら》むと、相手の胸倉を摑《つか》み自分が座っていた大木の根元に座るよう追いやって、彼の額に銃口を押しつけたのです。

衛生兵特有の親切心から、ついお節介をしたと反省したサンサンは、命からがら助けを求めました。

「助けてください！」

すると、サンサンの腕についている同じ韓国軍の衛生部隊のマークを見てほっとしたのか、ピョ少尉は銃をしまいました。そして彼は、なにごともなかったようにヘルメットをかぶって、そのまま森の中を歩き出しました。

ずんずん先を行くピョ少尉のあとを追って、サンサンが慌てて走りながら、いろいろと話しかけます。

「僕の名前はムン・サンサンです。事情はどうあれ、早まってはいけません。……ところで所属部隊はどこですか？　だけど、同じ韓国軍の人とこんな所で会えて嬉《うれ》しいなあ。……ちょっと、待ってください。この先、ひとりじゃ危険ですよ」

急いで追いかけながら、ひとりぼっちで脱走してきたサンサンは、ピョ少尉のことを頼もしく思っていたのでした。

第2章

ヨイルとの出会い

深い森の中で。

日没後に移動することを決めた人民軍の三人は、岩陰に隠れ、座ったまま仮眠を取っていました。しばし、うとうとしていた中隊長リ・スファの目の前に、さっと白いものが通り過ぎます。

「あれは？」

すばやく拳銃を片手に立ち上がったスファの横に、小銃を構えた少年兵ソ・テッキと機関銃を抱えた下士官のチャン・ヨンヒが従いました。

「人間だ」

テッキが言うと、ヨンヒが不安そうに答えます。

「何だろう？」

背後に人気を感じたスファがさっと振り返りました。三人とも銃を構えます。

すると、そこには、白い上着《チョゴリ》の上に桃色のチョッキ《トルヘザ》を着た、おかっぱ頭の少女ヨイルが立っていました。年の頃は十二、三歳。左耳に白い花を飾っています。

スファたち三人が自分に銃口を向けているというのに、ヨイルは怯《おび》えることなく言いました。

「ここはヘビが出るよ」

まるで、史上最大の秘密をそっと口にするような感じです。

その言葉を聞いた三人の男たちは拍子抜けして、ただ黙って彼女を見ています。ヨイルは真剣な表情で、語気を強めてもう一度繰り返しました。

「本当に出るんだってば！　だって、ここは〝ヘビの岩〟だもん！」

ヨイルの警告には関心を示すことなく、下士官のチャン・ヨンヒが逆に質問しました。

「さっき、私たちの前を通り過ぎたのはお前か？」

すると、ヨイルはとたんに嬉しそうな顔に変わります。彼女は明るく笑って答えました。

「見てた？　見てたんだ！　私は速いの。でも不思議なの。全然、息切れしない！　腕を速く動かすと、脚も速くなって……脚が速くなると、腕がもっと速くなる。地面の上を飛んでるみたい。私って、とっても速いんだ！」

走る真似をしながら両手をバタバタさせて説明するヨイルへ、スファは訝《いぶか》しげに訊《たず》ねました。

「何の話だ？　腕を動かすと、脚が……？」

するど、下士官のチャン・ヨンヒが代わりに説明しました。

「将校同志、頭の弱い子です」

そう言われても、ヨイルは平然と忠告し続けたのです。

「ここで寝ちゃダメ。ヘビに嚙《か》まれたら、すごぉ～く痛いんだよ！　本当に痛いんだから！」

そのまま身を翻して行こうとしたヨイルに、テッキが銃口を向けて叫びました。

「動くな!!」

すると、ヨイルは銃に怯えることなく、あきれたような口ぶりで言いました。

「まだ、そこにいるの？　早くこっちに来て！　来てったら!!……バカな人たち」

中隊長リ・スファ、下士官のチャン・ヨンヒ、少年兵ソ・テッキ。人民軍の三人が並んで、銃を構えたその瞬間です。

ヨンヒの肩すれすれのところを通って、何かがのそっと地面に落ちました。

「ひえっ～!!」

慌てたヨンヒは、何かが落下した地面にむけて小銃をぶっ放し、スファも拳銃を乱射し、テッキも小銃を撃ち続けました。

少女の言うとおり、やはりヘビでした。突然、ヘビが出たのです。そのヘビにむかってバンバンバン、とがむしゃらに銃をぶっ放すうちに、彼らは自分たちの銃弾が尽きたことを知りました。もう、引き金を引いても、なにも出てこない……ショックを受けた三人がぼう然としていると、反対にヨイルがはしゃいだようすで近寄ってきました。

「ねえ、ねえ、今のは何の音？　珍しい音ね……」

答えを求めるように三人の男の顔をかわるがわる見ていたヨイルは、突然悲鳴をあげました。

「キャア！」

極限の緊張状態の連続を強いられてきたスファたちは、予期せぬヨイルの黄色い声にもうろたえます。

「ああっ、なんだ⁉」

すると、なんてことはありません。ヨイルはスファたちの足元にかがむと、「お花だわ！」と言って、一輪しか挿していなかった耳元に何輪かの花を足したのでした。

振り返って、ヨイルは三人の男たちを見つめて笑顔で訊《き》きます。

「かわいい？」

ヨイルの能天気ぶりに、とうとう頭に来たスファは思わず切れました。

「このバカ女っ⁉」

激怒したスファが地面の石を拾って、今にもヨイルに投げつけようとすると、下士官のチャン・ヨンヒと少年兵ソ・テッキが必死に止めました。

「将校同志！　おやめ下さい！　頭の弱い子です!!」

「放せ!!」

テッキはスファを抑えながら、ヨイルにどなりました。

「お前は黙ってろ！」

けれど、スファの腹の虫は収まりません。

「放してくれ！」

スファがもがいていると、ヨイルは無言のまま、ぷいと立ち去っていきます。そんな彼女の後ろ姿を見送りながら、気色ばんだスファがさらに大声を出しました。

「どこへ行くんだ？」

スファが右手に握り締めていた石を、「将校同志、お捨て下さい！」となんとかヨンヒが取り上げました。

ヨイルの姿が見えなくなると、ようやくスファが落ち着き、テッキが推測しました。

「近くに村があるようです」

「まさか……南の傀儡《かいらい》軍もいるんじゃありませんか？」

元来心配性の下士官チャン・ヨンヒが気弱そうに訊ねると、中隊長スファは確信を持った口ぶりで言いました。

「軍隊なんかない。あの女は銃を撃っても全く驚かなかった。おそらく、銃を初めて見たんだろう。軍隊は絶対にない！」

自説の演説をぶってから、リ・スファはその場にしゃがみこみました。軍の規則で部下の下士官チャン・ヨンヒも、少年兵ソ・テッキも上官のスファに顔を近づけます。

「よく聞け。ひとまず集落を探そう。そこで腹ごしらえをしてから……」

しかし、指示するスファの言葉を遮って、ヨンヒが提案しました。

「将校同志。ヘビが出るかもしれないから、他の場所へ」

すると、スファは黙って立ち上がりました。歩き始めたスファとヨンヒへ、テッキは不思議そうに訊ねます。

「どこへ？」

「ここはヘビが出るんだ」

そう答えるヨンヒに、一番若いテッキがうんざり顔で叫びました。

「我々は人民軍ですよ！」

「人民軍もヘビに噛まれたら死ぬ。拳銃も小銃の銃弾も切れたから、今度はヘビに手榴弾《しゆりゆうだん》でもぶちかますのか?……さあ、将校同志も向こうへ」

ヨンヒがテッキを諭したあと、上官であるスファを促します。スファは中隊長らしく、勇ましく答えました。

「ヘビが怖いのではない」

すると、ヨンヒがすかさず訊ねました。

「じゃあ、どうして?」

第3章

トンマッコルへ

1　韓国軍のふたり

韓国軍の少尉ピョ・ヒョンチョルの自殺を助けたことがきっかけで、韓国軍の衛生兵ムン・サンサンはヒョンチョルと行動を共にすることとなりました。ひょんな出会いでしたが、よくよく話を聞いてみると、お互いに激しい市街戦に嫌気がさして、韓国軍から逃亡してきた脱走兵という点も同じでしたし、ふたりとも、なんでもちゃっかりしていると言われる〝ソウル生まれソウル育ち〟のソウルっ子でした。

意気投合したふたりは、森の中を歩くうちに――地元の村人らしい、薬草採りをしていた民間人の――男を見つけました。サンサンが小銃を向けると、ダルスと名乗った男はさも人が良さそうに笑いました。

「ハハハ……それが初対面のあいさつですか？　顔に棒を押しつけるとは……」

世知辛い戦争の世の中が続き、軍の人間関係に疲弊していたピョ少尉とサンサンのふたりは、初対面から友好的なダルスに心からほっとしました。

小銃を恐れることなく、にこにこと微笑む人当たりのよいダルスに安心したふたりは、この近くにあるという、彼が住む集落へと案内してもらうことにしました。しかし、険しい山道をどんなに行けども、いっこうに人々が暮らすようなところには行き着きません。

上下、白の上着《チョゴリ》とズボン《パジ》を身につけたダルスは、真っ白の足袋《ポソン》にわらで編んで作った草履履き、といった身軽な恰好《かっこう》です。長い黒髪を女性のようにひとつに束ね、木綿の布で額に鉢巻をしていました。歳の頃はおそらく四十歳前後ですが、人懐っこい笑顔のせいで、第一印象はまるで少年のように見える中年男でした。重いヘルメットをかぶって、両手で小銃を抱えているピョ少尉とサンサンはすっかりバテ気味でしたが、対照的に、ダルスの持ち物は腰に下げている瓢簞《ひょうたん》や肩からたすき掛けにしている籠《かご》だけなので、険しい山道を軽やかな足取りでどんどん登っていきます。

ようやく、山の頂上についたサンサンは、びっくりしたように訊《き》きました。

「この道を行けば集落があるんですか？」

「あるから行くんです」

「なんて険しい道なんだ」

すっかりバテバテのサンサンへ、ダルスはなんでもないように言います。

「平地もありますが……到着は明日になってしまいます」

サンサンはぎょっとして訊きました。

「いつも、あんな道を通るんですか?」

ダルスは首を振りました。

「めったに通りません。だけど、数日前に大柄な男が空から落ちてきて、大怪我をしていたんです。だから、薬草を採りに行ったんですよ。

ダルスの案内について歩いていくと、山道ににっこり笑った石像が何体も飾ってあります。まるで道祖神のような感じでした。サンサンがあの石像は何かと訊《たず》ねると、ダルスは村の守り神だと教えてくれました。

ダルスのあとに続いて村の入り口に立ったピョ少尉とサンサンは、思わず息を呑《の》みました。

「本当に集落がある!」

「ここがトンマッコルです」

にこにこと紹介したダルスの言葉を、ふたりは鸚鵡《おうむ》返しにします。

「トンマッコル?」

「〝子供〟みたいに、〝純粋〟という意味です」

「〝純粋〟?」

ダルスは頭を掻《か》き掻き説明しました。

「詳しくはわかりません。とにかく、昔からそう呼ばれてまして……」

ピョ少尉とサンサンは不思議そうにあたりを見回しました。

まるで小学校の歴史教科書にある〝昔の暮らし〟のイラストか、李氏《りし》朝鮮時代の民俗村に迷いこんだみたいでした。

藁《わら》葺《ぶ》き屋根の古民家が並ぶ集落。真ん中には大きな木のある広場。そこにある木製のブランコで楽しそうに遊ぶ子供たち。三人の女たちが重そうな碾臼《ひきうす》を足で踏んで回しています。そして、鍛冶《かじ》屋で働く男たち……一見してここには電気もガスも水道を通っていないことがわかります。かつての、古い自給自足の時代を彷彿《ほうふつ》とさせたのでした。そして、何よりもここには平穏がありました。日光が燦燦《サンサン》と射し込み、爽《さわ》やかな風が緑に覆われた村の中を吹き抜けていきます。

今どき、こんなに平和な場所があるなんて……。驚いて言葉を失っているピョ少尉とサンサンが入ってくると、村人たちは物珍しそうにふたりを見ています。けれど、トンマッコルの村の語源にもなっている子供たちは、いかにも親しげにふたりに近づいて来ると、にこにこと彼らの手を握ってきました。

2　国連軍のスミス

韓国軍のふたりと同様、トンマッコルの村人に救われた国連軍の空軍パイロット、ニール・スミスは、左手と右足を骨折して村の小屋に寝かされていました。骨折した足と手にはそれぞれ、板が括《くく》りつけられています。

スミスの意識がようやく戻ったので、トンマッコル村唯一のよそ者で英語がわかるキム先生が英語の本を片手に、実験的な質問を始めました。

キム先生の周りで白髪で白い髭《ひげ》をたくわえた長老の村長をはじめ、トンマッコルの村人たちが興味深そうに覗《のぞ》き込んでいます。

緊張している感じのキム先生はいよいよ、初めて、スミスに英語で話しかけます。

「ハウ・アー・ユー？」

ひどい韓国語訛《なま》りの英語なので、発音をよく聴き取れなかったスミスはすぐに「何？」と聞き返しました。すると、キム先生はますますかしこまって、ゆっくりと発音しました。

「ハウ・アー・ユー？」

しかし、不機嫌そうなスミスは、早口の英語でまくしたてます。

「どう見える？　俺はこのザマなんだ。よく見ろよ！　木で縛りつけられてる、このザマを！　サイテーの気分だ！　チクショウ!!」

スミスが何を言っているのかわからない村人たちは不安そうに、青い眼の男とキム先生の顔をかわるがわる見ました。

見かねた村長がキム先生に訊ねます。

「通じないのか？」

「どうも、おかしいです。確かに、ここにこう書いてあるのに……」

キム先生が英会話の本の一ページを示すと、村長はかぶりを振りました。

「わしにはわからん」

そんな村長へ、キム先生は真面目に丁寧なそぶりで解説します。

「つまりですね……私が〝ハウ・アー・ユー〟と言えば、相手の答えは〝ファイン、アンド・ユー？〟それが正しい会話です。そして、さらに私が……〝アイム・ファイン〟。これで会話が完成なんですが……変だな」

首を傾げているキム先生の横から、村でもめずらしく短気な男性クァンジェが、苛々《いらいら》と顔を突き出しました。

「なぜ、ちゃんとやらないんだ？」

傍らで見ていてもどかしくなったのか、クァンジェは身体を横たえているスミスに詰め寄ります。

「ケンカ売る気か？」

キム先生が落ち着いた口調で、興奮したクァンジェに告げました。

「もう少し……続けてみます」

ようやく、スミスがゆっくりとした英語で、

「あなたは、英語、話せますか？」

と言ったとたん。

むこうからクァンジェの兄ソギョンが、

「村長〜!!」

叫びながら駆け寄ってきました。

村長はじめ、キム先生もそこにいた村人たちみんなも、一斉にソギョンのほうを見ます。

ソギョンは嬉《うれ》しそうに叫んでいました。

「ダルスが誰か連れてきました！　ふもとの人だとか……」

「どこの人？」

「村長、早く向こうへ……」

「頭には洗面器をかぶって、長い棒を持ってるんです！」

「ええっ!?　それはめずらしい……」

みんながやがやと立ち去ってしまうと、残されたキム先生もその来客が気になるのか気もそぞろとなり、スミスに「サンキュー」とだけ言い残すと、そそくさと出て行ってしまいました。

ひとり残されたスミスは必死に、英語で、

「ちょっと待ってくれよ！　戻ってくれ。行くな！」

と叫びましたが無駄でした。

そのあと、骨折で身動きのとれない彼の身体を、いたずら好きな子供たちが面白そうに枝で突《つつ》いて遊んでいました。

青い眼の外国人がさぞ珍しいのでしょう。身動きすらできず、これじゃ動物園の動物どころか見世物小屋に飾られた剝製《はくせい》の動物だ……やれやれ。スミスは大きなため息をついたのでした。

3　韓国軍のふたり、国連軍のスミスと出会う

スミスのところから駆けつけた村長へ、ピョ少尉とサンサンを連れてきたダルスが紹介しました。

「道に迷ったそうです。……一泊すると……」

ピョ少尉は率直に願い出ました。

「泊めてください」

サンサンも、隣でにこにこしています。

「僕たち、いい人ですよ」

すると、村長の周りの村人たちは一斉に頭を下げました。

「ようこそ」

丁寧な挨拶《あいさつ》は、全員の声も揃っています。

中でも、村長がにこやかに声をかけました。

「お疲れでしょう」

「我々の……村長さんです」

村長の隣にいたソギョンが紹介すると、ピョ・ヒョンチョルは将校らしく、勇ましく敬礼し、衛生兵のサンサンは頭を下げました。

するとと、村長はやさしく言いました。

「何か食べますか？」


ピョ少尉とサンサンは村長と村人たちに導かれて、食事の間へと案内されました。その途中、国連軍のスミスが寝ている小屋の横を通ると、韓国軍のふたりを連れてきたダルスが陽気に声をかけます。

「おい、身体の具合はどうだい？　さっき山で採ってきた薬草を煎《せん》じて飲めば、すぐ元気になるよ！」

しかし、軍服姿のスミスを見たとたん。ヒョンチョルとサンサンに緊張が走りました。

敵か⁉

ふたりは同時に小銃を構えましたが、やがてよく目を凝らして見ると、相手が味方である、国連軍の軍服を着ているとわかりました。サンサンが気の抜けたような声でピョ少尉に囁《ささや》きます。

「国連軍です……」

ふたりが韓国軍の軍服を着ていると知ったとたん、それまで怪訝《けげん》な表情でこちらを見ていたスミスも安心したのか、いきなり、ゲラゲラと笑い出しました。

「ハハハ……きっと助けに来てくれると思ってたよ。ここまで来てくれて本当にありがとう！　私は……アメリカ軍の大尉ニール・スミスだ。君たちに感謝する」

しかし、英語がわからないピョ少尉とサンサンは、何やら嬉しそうに喋っているスミスを戸惑った顔で見ています。

スミスはとたんに不安に駆られて叫びました。

「だけど……なぜ、たったふたりで？　他の隊員はどこにいる？……英語わかるだろ？こっちに来て俺の話を聞け！」

スミスの問いかけに、ピョ少尉もサンサンも黙ったままです。

ピョ少尉はそんなスミスの顔をじっと見据えながら、村長に訊《たず》ねました。

「あの男は？」

村長は淡々と答えました。

「数日前に空から降ってきたんだ。死にかけてた」

そんなピョ少尉とサンサンを見ながら、スミスは再び肩を落としていました。

「助けに来てくれたんじゃなかったのか……チクショウ」

4　ヨイルとドングの遊び場

同じ時刻。

ヨイルは村の子供のドングと、スミスと一緒に胴体着陸した例の飛行機の上で遊んでいました。

いがぐり頭のイ・ドングは九歳のやんちゃ盛り。いたずら好きで好奇心いっぱいの少年です。亜麻色のセットンチョゴリを着て、スミスのパイロット用帽子をかぶったドングがヨイルに訊ねました。

「カッコいいだろ?」

「しぃ。赤ちゃんが寝てるから、騒がないで静かにして」

ヨイルが唇に指を当てると、ドングはがっかりしたように言います。

「こんなバカ女に聞くんじゃなかった」

〝バカ〟という単語の意味がわからなくても、ヨイルはいつも寂しそうな顔をしました。

「ねえ。あんたが言ったバカ女って、私のこと?」

トンマッコルへ帰るドングのあとを歩きながら、ヨイルが訊ねます。

九歳のドングは答えました。

「この村に他にバカ女がいるか？　耳に花を挿してるだろ？」

ヨイルはさらに訊ねます。

「私がバカって知ってる？」

「うん」

「キム先生も？」

「キム先生がお前はバカだって」

ドングにそう言われて、また、少し寂しそうなヨイルは、遠くに見える三人の男たちを見て、顔を輝かせました。

「わあ！　さっきの人たちだ！」

5　ヨイルとドングと、北朝鮮・人民軍の男たち

ヨイルは、昼間に出会ったリ・スファたち三人を見つけると、さも嬉《うれ》しそうに駆け寄りました。満足な食糧もない三人は腹ごしらえの目的で、ドングを連れているヨイルのあとについて、彼女たちが住む集落へ行くことにしました。

ドングの道案内でトンマッコルの村まで歩くあいだ、スファたちは淡々と進みます。

「早く歩け」

だが、三人の横を飛ぶように併走しているヨイルは、本当に嬉しそうでした。

「私がいないあいだ、ヘビに噛《か》まれなかった？　噛まれなかったから元気なんだね！」

そこに、人影が近づいてきました。

「キム先生だ！」

ヨイルが歓声を上げると同時に、人民軍の三人は警戒してその身を隠しました。

いつまでも村に戻ってこないヨイルとドングを心配して、右手に提灯を持ったキム先生が、村の入り口付近まで迎えにきてくれたのです。

「おお、ここにいたのか……」

ヨイルとドングを見つけてほっとしたのも束の間、キム先生は銃を持った男たちを見て愕然《がくぜん》としました。

人民軍の三人は、ようやく初めて、銃を怖がる人間に出会った、と妙な安心をしながら、びくつくキム先生に手を上げさせて、そのまま村へと進みました。

トンマッコルに続く真っ暗な夜道で――ヨイルとドングはついに手を上げないまま、ひとりだけ両手を上げたキム先生を先頭に歩いていると――途中、道端で遊んでいるトンマッコルの子供たちと出くわしました。

同じ年頃の子供たちと合流したドングはさらに張り切って、みんなで揃って大声で歌を歌いながら歩きました。

「♪お月様～　大きな、大きなお月様～♪」

「うるさいガキどもだ。少し黙ってろ」

チャン・ヨンヒは文句を言いますが、子供たちは平気で、なおも声を張り上げています。

「♪お月様とお星様はきれいだな～　瞬く星空にぃ～♪」

「静かにしろ。ずっと歌ってやがる。ほら、手を上げろ！」

ソ・テッキがうんざりしたように言うと、ドングが不思議そうに訊ねました。

「どうして、手を上げたまま歩くの？」

子供たちが歌うとおり、満天の星が美しい夜でした。

トンマッコルでは、女たちが夕餉《ゆうげ》の支度で大わらわでした。急に三人ものお客さんがやってきたからです。女たちは焼き物をしている網を囲んで、嬉しそうに話しています。

「何かいいことあるのかねえ」

「たくさん集まってるよ」

するとと、少し離れたところで、ドングの母親が投げやりに言いました。

「いいことなんか……あるわけない」

ドングの母親は彼女の夫、つまり、ドングの父親が数年前「外の世界を知りたい」とトンマッコルの村から出て行ってしまってから、ずっとひとりでした。女手ひとつでドングを育ててきた彼女は、それ以来、外部の人間に強い警戒心を持っていたのです。


村の広場では、韓国軍衛生兵のムン・サンサンを囲んで、村人たちが熱心に語りあっていました。広場の中央には、縁台を大きくしたような、正方形の木製の台が置いてあり、みんなはそこに敷かれた茣蓙《ござ》の上で車座になってお喋りしています。

サンサンの話にダルスがぎょっとして聞き返しました。

「えっ、戦争⁉　戦争が始まったんですか？」

「はい」

サンサンが頷《うなず》くと、まるっきり初めて、その情報に接するらしい村人たちが全員で目を丸くしています。

村長が冷静に質問しました。

「どこの国が攻めてきたんだ？　日本？　それとも中国？」

「いや。外国が攻めてきたんじゃなくて……」

困り顔のサンサンは言葉に詰まりましたが、なんとかあとを続けました。

「待てよ……外国かな？　つまり……我々韓国軍と、北の傀儡《かいらい》軍が……戦ってるわけですよ」

サンサンの説明に、村長以下、村人たちはよくわからないという顔をしています。そもそも、彼らには〝戦う〟という意味が理解できないようでした。すると、ダルスの妻がスミスが寝ている小屋のほうを指して、次の質問をしました。

「あの鼻の高い人はどっちの味方？」

すると、ダルスが自分の妻へ、サンサンに代わって答えました。

「親しそうにしてたから、この人の味方だろう」

「そうだよ」

他の村人たちも同調すると、ダルスの妻は憤慨したように言いました。

「じゃあ二対一じゃないの。そんなの、ひどい」

サンサンは慌てて首を振ります。

「いえ。そういうことじゃありません」

台の上で弾む彼らの会話に、韓国軍のピョ少尉は少し離れたところから、黙ってじっと耳を傾けていました。

そこへ、ドングたちの元気な歌声が響いてきました。

「子供たちだ！」

ダルスが嬉しそうに言うと、隣にいた妻もにこにこして答えます。

「今日は全員集合だね」

「ちょうどいい時に帰ってきた。キム先生、お客さんです。ごあいさつを……」

台の上から村長が、子供たちの列の先頭にいるキム先生に声をかけました。すると、右手で提灯《ちょうちん》を持ち、左手だけを高くあげた、奇妙な恰好のキム先生が、そのままの姿勢で答えました。

「あの……こっちもお客さんです」

困り顔のキム先生が示した先には、人民軍の中隊長リ・スファと下士官チャン・ヨンヒ、少年兵ソ・テッキの姿がありました。

第4章

鉢合わせた軍人たち

しばらくのあいだ、あたりには不気味な沈黙が流れました。

それまで村人と楽しく語りあっていたサンサンの笑顔が凍りつきます。彼はえっ⁉　という顔で口をぽかんとあけています。

ピョ少尉もわが目を疑いました。

人民軍の下士官チャン・ヨンヒと少年兵ソ・テッキも、あまりのことに唖然《あぜん》としています。しかし、中隊長であるリ・スファだけは、考えるよりも先に身体が反応していました。

拳銃に銃弾が空っぽなことも忘れて。

「この野郎ども、ブチ殺してやる！　死にたくなきゃ動くな！」

怒鳴り散らしながら移動したスファはすばやく銃を構えました。

すると、韓国軍のピョ少尉とサンサン、人民軍のチャン・ヨンヒとソ・テッキもすぐに小銃を構え、五人全員が一触即発。台の上に座ったまま、目をぱちくりさせている村人たちを挟み、両者はまさに戦闘態勢に入りました。

「銃を捨てろ！」

「動くな！」

「子供たちを連れて台の上に立て！」

長い棒を突き出して、怒鳴るスファの顔を見ながら、村人たちはただただ、びっくりした顔をしています。見知らぬ男の登場におろおろとして、どうしていいかわからない村人たちへ、サンサンは叫びました。

「大丈夫です。台の上に立って！　そこを動かないで！」

村の広場の中心にある舞台のような台の上に、指示通り、村人たち全員が乗りました。

そこに、彼らが戸惑った表情で立ち尽くしていると、ピョ少尉も大声を出しました。

「そこを動くんじゃない！」

瞬く間に、五人の兵士たちはきれいに二対三へと別れ、お互い睨《にら》みあって緊迫した状況になりました。

拳銃を構えたままのスファに、動揺を隠せない感じの下士官のチャン・ヨンヒは、小銃を構えたまま囁《ささや》きます。

「この村に軍隊がないなんて、とんだ見当違いでした」

少年兵ソ・テッキのほうが、チャン・ヨンヒより勇敢でした。人民軍三人の腰ベルトにぶら下げた手榴弾の数をすばやく計算すると、低い声で呟きます。

「こっちには手榴弾がまだ十発残ってる。味方は三人で、敵は二人……皆殺しだ」

銃弾の入っていない小銃を構えたまま。片目を瞑《つぶ》って照準を合わせるふりをしながら呟くテッキに、スファが注意しました。

「黙ってろ」

いっぽう、韓国軍のムン・サンサンは、慣れない小銃を構えながら泣き出しそうな声を出しています。

「こんなとこ、来るんじゃなかった」

ピョ少尉は小銃を構えたまま、村人たちが立っている台を挟み、向こう側にいる人民軍のスファへ、

「おい!」

と大声で呼びかけました。

スファは銃口を睨んだまま、無視しています。

誰も返事をしないので、人のいいダルスが台の上から声をかけました。聞こえていないのかとでも思ったのでしょう。

「あのう……呼んでますよ」

スファはダルスの親切を無視したまま、ふたりの部下……チャン・ヨンヒとソ・テッキ

に指示を出しました。

「引き金に指をかけたら撃て。常識だろ？」

けれど、下士官チャン・ヨンヒが弱気なようすで聞き返します。

「拳銃の弾が切れてるのを忘れたんですか？　ここは、ひとつ穏やかに……」

しかし、スファは答えません。そんなスファへ、韓国軍のピョ少尉がさらに声をかけました。

「おい、村の外で決着をつけよう！」

すると、韓国軍ピョ少尉のただひとりの部下サンサンは、泣き出しそうな顔でピョ少尉を見上げます。

「気は確かですか？　向こうは三人ですよ。かないっこないですよぉ」

ピョ少尉は自分の部下サンサンを含め、相手の人民軍の三人にも呼びかけました。

「罪のない村人たちを巻きこむな！」

兵士たちのやりとりを聞いていた村人のひとり、台の上に立つソギョンが明るくフォローします。

「僕たちは平気ですよ」

すかさず、村長が「ソギョン……」と、制しました。すると、いかにも善良そうなソギョンはすみません、というふうにピョ少尉のほうへ軽く会釈しました。

ついに、弾丸が尽きている状況に耐えられなくなったのでしょうか。人民軍の中隊長リ・スファはいきなり、それまで手にしていた拳銃を捨てました。韓国軍のピョ少尉と衛生兵サンサンは、敵の突飛な行動に驚きます。

けれど次に、スファは右手に持った手榴弾《しゅりゅうだん》を、高々と上に持ちあげてどなりました。

「よく聞け！　南の傀儡《かいらい》軍も村人も下手なマネしたら……殺してやる！　よく覚えとけっ！」

拳銃に弾丸の残っていないスファにとって、それは最後の選択でした。中隊長スファを挟んで立っていたチャン・ヨンヒとソ・テッキもそれぞれ、手榴弾を手にしました。

三人が並んで手榴弾を持って構えているのを見た韓国軍のムン・サンサンは、今にも泣き出しそうな声で、傍らのピョ少尉に訴えます。

「なんで怒らせたんですか？」

ピョ少尉は黙ったまま、拳銃の照準をスファたちに合わせました。

広場の中央で、人民軍と韓国軍の間に挟まれたような恰好《かっこう》になったトンマッコルの人々は、台の上で身を寄せて立ち尽くしたまま、不思議そうに両者を見比べていました。

韓国軍を連れてきたダルスが、スファたちが持っている手榴弾を指して、村人にこそこそと訊《たず》ねます。

「あれは石か？」

「鉄の塊みたいです」

誰かが物珍しそうに言うと、ソギョンが興味津々で質問します。

「何に使うんですか？」

すると、村人の中で唯一、手榴弾の意味がわかっているキム先生が小声で注意しました。

「あとで教えます。今は黙って従いましょう」

すると、ソギョンは不満そうに、より大きな声を出してキム先生へ訴えます。

「あの人たちに聞いたのに……なぜキム先生が答えるんだ？」

「えっ？」

トンマッコルでただひとり、銃器の知識があるキム先生はほとほと困ってしまいます。

キム先生が口籠《くちごも》っていると、台の上でソギョンをはじめ他の村人たちも、あれはなんだかんだ、と騒ぎ出しました。

すると、手榴弾を握っていたスファは、がやがやしだした村人を見たとたん、腹を立てます。

「チクショウ……これが見えていないのか？」

しかし、ソギョンたちは相変らず、初めて見る手榴弾についてごちゃごちゃ話しながら推測しています。

「あれ、何か塗ってあるのか？」

「かたちがジャガイモに似てるな。女房の好物だ」

こっちが手榴弾を振り上げているというのに、平然とおしゃべりしている村人たちに、いよいよスファは切れました。

「全員、手を上げろ！」

「はいっ！」

すかさず、台の上で素直に両手を上げたのは、「手を上げろ」という言葉の意味を知っているキム先生だけでした。キム先生以外の村人たちは、その言葉の真意が摑《つか》めず、一様に戸惑った顔をしてます。

キム先生以外の村人たちに、人民軍の下士官チャン・ヨンヒがさらにたたみかけました。

「おとなしく手を上げろ！」

すると、ソギョンやダルス、ダルスの妻などがまたもやぼそぼそと相談します。

「片方だけ？」

「どっちの手を上げるの？」

「どうして？」

怯《おび》えているキム先生はこそこそ教えました。

「早く両手を上げて……」

「何のために？」

「両手ですか？」

台の上でようやく、みんながしぶしぶ両手を上げたところで、

「村長！」

と大きな声がしました。

台の上に上がっていた村人たちと、彼らを挟んで睨《にら》みあっていた人民軍と韓国軍の兵士たちは、一斉に声の主を見ました。

すると、杖《つえ》をついて、布袋をさげた額の広い男が、びっくりしたようにこちらを見ています。村人は皆ダルスと同じような上下、白の上着《チョゴリ》とズボン《パジ》という衣服を身につけ、真っ白の足袋《ポソン》にわらで編んで作った草履を履いていましたが、遅れてきたその男も同じようないでたちでした。ただ、足元の足袋《ポソン》がかなり汚れていましたので、どこか遠出から戻って

きた村人のひとりのようでした。

びっくりしてその場に立ち尽くしている男へ、手榴弾を手にしたスファが顎《あご》で合図を送りました。

「台の上に上がれ！」

命令された男は、わけがわからずぽかんとしています。チャン・ヨンヒが苛々《いらいら》した口調でどなりました。

「この野郎、さっさと上がれ！」

すると、台の上にいた村人たちが、手招きしながら男を呼びました。

「早くこっちへ来いよ」

すると、男は怯えた様子で、

「この人たち、怒ってる！」

と言うと、こわごわ台のほうに駆け寄ってきました。

「急いで」

台の上にいた村人たちはその男を促します。

「早く上がれ」

ようやく、みんなと同じ台の上に登った男へ、村長が話しかけました。

「ヨンボン、遅かったな」

すると、ヨンボンと呼ばれた男は思いつめたような表情で、いきなり話し出します。

「蜂の巣を見てきました。大変なことに……」

ヨンボンの言葉を遮って、傍らにいたダルスの妻が言いました。

「手を上げて」

けれど、左手を軽く上げたヨンボンは深刻な表情で続けます。

「蜂の巣の隣にある新しいジャガイモ畑を……イノシシが荒らしてる！」

そのニュースを聞いたとたん、台の上の村人たちは一斉に驚いて騒ぎ出しました。

「ええっ!? そりゃ大変だ！」

「見たところ、一頭や二頭じゃないと思う」

ヨンボンが伝えると、そばにいたクァンジェも答えます。

「去年もトウモロコシ畑が荒らされて……冬はひもじかった」

そうだった、そうだった、と口々に言い出した村人たちへ、村長がなだめるように提案しました。

「さあ、落ち着いて……みんなで話し合おう」

しかし、手榴弾を持っているリ・スファが、

「おい！　これを見ろ！　こんなときにイノシシの心配か？　これをぶっ放したら、あの世行きなんだぞ!!」

そう凄《すご》んだとたん。突如、スファの背後からヨイルがにゅうっと顔を出しました。驚くあまり、ビクッとした彼は思わず、手榴弾《しゅりゅうだん》を振り上げた手を引っ込めました。

人民軍を連れてきたヨイルは、先に村に到着していた韓国軍の兵士ふたりを指して、スファに訊ねました。

「ねえ、あの人たちと友達？」

ぎょっとしたスファが何も答えられないでいると、ヨイルは無邪気に、銃を構えた韓国軍の兵士たちへ呼びかけました。

「何か食べた？」

しかし、韓国軍のふたりも銃を構えたまま、ヨイルの問いに何も答えません。すると彼女は「ふん、つまらない」という顔をして立ち去りました。

つい気の抜けたスファに、下士官のチャン・ヨンヒが話しかけます。

「将校同志、変な村ですね？」

「黙ってろ！」

スファが叱りつけたところで、ドーンという音がして、唐突にスミスが小屋から転がり出てきましたが、すぐに小屋へと戻されました。国連軍の軍服を眼にしたスファは、予期せぬ敵の登場にぎょっとして部下たちに訊《たず》ねます。

「あいつは？」

人民軍の少年兵ソ・テッキが冷静に答えました。

「ヤンキーです！」

マズい。人民軍のこちらが三人で、韓国軍の相手が二人で有利だと思っていたが……国連軍のヤンキーがまだ何人いるのやら……敵のほうが人数が多ければ、弾丸も尽きているこちらは圧倒的に不利だ。人民軍の中隊長スファがそう考えているとき、ガタンという音があたりに響きました。

「うるさい！」

突然、引き戸を開けて部屋から出てきたのは、とうに百を超したような老婆でした。縁側からよたよたと地面に降りた彼女は、折れ曲がった背中のまま、這《は》うように歩きながらぶつぶつ言いました。

「さっきからずうっと大声で騒いでるから、まったく……眠れやしないよ。どうせなら、私の耳元で言えばいい。〝起きなさい〟、〝おばあさん、起きて〟って。うるさい奴らだ」

「おい、動くな！」

スファが警告しましたが、老婆は構わずに進みます。

「動かなきゃ便所に行けないよ」

そんな老婆を微笑ましそうに見ながら、村長がにこにこして伝えました。

「私の、おふくろです」

のんびりした答えを聞きながら、手榴弾を手にしていたスファが何となくがっくりすると、台の上にいた村人たちはいつのまにか上げていた両手を下げて話し始めています。

「とにかく、イノシシが心配ね」

「みんなで捕まえる?」

すると、ソギョンが熱心に言いました。

「心配いりませんよ。よく聞いて。イノシシが来たら……左手で首を摑《つか》んで、右手でイノシシの目を三発殴る。イノシシはアザのできた目で家《うち》に帰り、仲間にこう言うだろう。〝トンマッコルに行くな〟。……〝怖い村だ〟って……そうすれば二度と来ない」

人民軍のスファたちと韓国軍のふたりもあきれたように、村人たちの話を聞いています。

ソギョンは意気揚々と質問しました。

「もし、お前が目を殴られたらどうする?」

「仕返しをしに行く」

穏やかな村の男たちの中でも、目立って負けん気の強そうなクァンジェがそう答えると、とたんにソギョンはしゅんとなって言いました。

「じゃあ殴っちゃダメだな。イノシシに仕返しされたら大変だ」

村人たちの呑気《のんき》な会話に、苛々したスファがふたたびどなりました。

「クソ……全員黙れ！」

けれど、誰も聞いていません。

「そこに座れ」

まだまだ、がやがやしています。

「座れと言ってるんだ！」

さらに声を荒らげると、ようやく村人たちはイノシシの話を中断してスファのほうを見ました。スファが怒っているのを悟った村人たちは、それぞれ「座ろう」とおとなしく台の上に座りました。

その晩は同じ状態のまま、ただ時間だけが過ぎていきました。トンマッコルの村の上から、一羽のふくろうが、ホーホーと鳴きながらこの奇妙な風景を見ていました。


翌朝。

村人が座った台を挟んで人民軍の三人と韓国軍の二人が睨《にら》みあったまま、とうとう夜が明けました。銃を構える韓国軍のふたりと、手榴弾のピンに指をかけたままの人民軍の三人です。彼らは揃って一睡もできませんでしたが、村人たちは台の上に座ったまま、うとうとしています。

そのまわりを子供たちが鬼ごっこをしながら、無邪気に走り回っていました。

「バカ野郎！　バカ野郎！　カバ野郎！」

「クソッタレ！　クソッタレ！……」

すると、台の上に座っていた少年イ・ドングが目を覚ますのと同時に立ち上がります。

「何だ？」

スファが訊ねると、ドングは眠たそうな目をこすりながら答えました。

「便所に……」

すかさず、人民軍の下士官チャン・ヨンヒが、

「動くな！」

とどなりましたが、そのそばから村長が穏やかに言いました。

「漏らす前に行って来い」

ドングが便所へ消えると、今度は昨晩遅れて帰ってきたヨンボンが立ち上がります。銃

を構えたままの、韓国軍の衛生兵ムン・サンサンの前を平然と横切ったので、思わず彼は怒りました。

「おい！　座ってろ！」

するとヨンボンは特に気に留めることもなく、

「ちょっと、蜂の巣を見に行ってきます」

と言ってお辞儀をしながら出て行きます。彼の妻らしき女が、台の上から声をかけました。

「気をつけて」

「ああ」

返事をしたヨンボンは悠然と蜂の巣を見に行き、睨みあった人民軍と韓国軍の膠着《こうちゃく》状態はそのまま続きました。

第5章

指輪と爆発

午後になると、どしゃぶりの雨が降り出しました。

そのうち、村人たちはそれぞれ台の上から降り……もちろん降りる時には兵士たちから制止されたのですが……銃や手榴弾《しゅりゅうだん》の威力を知らない村人たちからすれば、雨に濡れるほうが、よっぽどいやだったのです。

村人たちがめいめい家の中に入ってしまうと、さっきまで村人たちが座っていた空っぽの台を挟んで、韓国軍のふたりと人民軍の三人が睨みあっていました。

五人とも、ゆうべは一睡もしていないので、だいぶ瞼《まぶた》が重くなっています。たえず襲ってくる眠気と闘いながら、どしゃぶりの雨に打たれながらも五人は睨みあっていました。

そんな両者の風景を、国連軍のスミスをはじめ、ヨンボン、ソギョン、ダルスたち村の男たちが軒下の縁側に座って、面白そうに見物しています。

ヨイルは、並んで座った男たちの前にしゃがんでいます。彼女はスミスの顔をしげしげと、物珍しそうに見ていました。西洋人の男性を見るのは、生まれて初めてだったからです。

ヨイルは相変らず左耳に花を挿し、左手の中指には同じように生花で作った指輪をはめていました。ヨイルは指輪が大好きで、毎日新鮮な草花を摘んでは、新しい指輪を編んで自分の中指に飾っているのです。

しゃがみこんでスミスを眺めるうち……ふと、彼女は自分がはいていた足袋《ポソン》を脱いで、自分の顔を拭《ふ》きました。どしゃぶりの雨に打たれて、彼女の顔もびしょびしょだったからです。

そんなヨイルの動作を、スミスが怪訝《けげん》な顔で見ています。

いきなり、なにげなく。

ヨイルはぴょんぴょんと飛び跳ねながら、今度は睨《にら》みあっている男たちのところへ近づいて行きました。台の上に大の字に寝転がり、激しい雨に打たれながら、口を大きく開けて雨粒を飲み込みながら、彼女はなんとも「気持ちいい！」という顔をしています。

やがて、ヨイルの眼に、人民軍の三人が指をかけている手榴弾のリング部分が飛び込んできました。

指輪だわ！　あれが欲しいな！　不意にそう思った彼女は、少年兵ソ・テッキの正面に立ちました。彼を見てにっこりしてから、さきほど自分の顔を拭いた足袋《ポソン》で、彼の顔を丁寧に拭《ぬぐ》います。そのとき、足袋《ポソン》を持った彼女の左手の中指にはめられた黄色い花の指輪が揺れました。

眠そうなテッキは、突然の出来事にぼんやりしています。

彼の顔を拭き終わると、ヨイルは、

「やった！」

小さく叫んで駆け出しました。

それから、ヨイルはいったん立ち止まり、テッキのほうを振り返ってから、嬉《うれ》しそうに言いました。

「指輪！」

なんと！　ヨイルの右手の指には——さっきまでテッキが握り締めていたはずの——手榴弾のリング部分がはめられていました。

「ええっ!?」

テッキは度肝を抜かれてリングのない手榴弾を見つめています。

「うぁーっ!!」

韓国軍のふたりも、スミスも思わず悲鳴をあげて、さっと身を退けました。

スファは叱りつけるように怒鳴りました。

「テッキ！」

テッキはスファに助けを求めるように叫びます。

「中隊長！」

おろおろと、リングの抜けた手榴弾を持っているテッキへ、隣のチャン・ヨンヒは後ずさりしながら悲鳴をあげます。

「テッキ、ちゃんと手榴弾を持っとけよ！」

韓国軍の衛生兵ムン・サンサンも泣きそうになりながら怒鳴りました。

「動くなよ！」

手榴弾は、たとえピンを抜いても握りしめている間は安全クリップが留まっているため爆発しない仕組みになっているのです。投擲《とうてき》すると当然、握っていたクリップがはずれるので、その五秒後に爆発します。

そのことを思い出したテッキは半べソをかきながら、やっとのことで頷《うなず》きました。

結局リングを抜かれた手榴弾をテッキが持ったまま、数時間が流れました。いつのまにか、にわか雨はあがり、まぶしい太陽が照りつけています。

疲れきった五人の兵士たちは、意識が朦朧《もうろう》とするなかで相変らず、睨みあいを続けていました。そんな彼らの耳に、村の子供たちの学校で、キム先生が講義をする声が子守唄のように聞こえています。

「一生懸命勉強するんだぞ。英語を聞いて不思議に思うだろう？」

「はい、先生！」

「アメリカ人とどう話すか、教えてあげよう。たとえば……〝ハウ・アー・ユー？〟と言ったら相手は……〝ファイン、アンド・ユー？〟と答える。そしたら、今度は〝アイム・ファイン〟と言うんだ。それが正しい会話だよ」

その時。ついに、立ったまままうとうとしていたテッキの手から、リングの抜かれた手榴弾がぽろっと地面に落ちました。

コロコロと地面を転がっていく手榴弾を、人民軍の三人も、韓国軍のふたりも、眼を剝《む》いて見ていました。そして、五人全員が同時に大声で叫びました。

「危ない！」

人民軍の三人と韓国軍のムン・サンサンはがばっと地面に伏せ、子供たちに講義をしていたキム先生も頭を抱えるように床に伏せました。

ただ、韓国軍のピョ少尉だけが、転がった手榴弾の上に腹ばいになっていました。彼だけは身を挺《てい》して、被害を最小限にとどめたいと、一瞬のうちに思ったからでした。

爆発する！

手榴弾の構造を知る人民軍の三人、韓国軍のふたり、キム先生の全員がそう思った瞬間。

しかし、あたりは、相変らず、しいんとしていました。

白昼の沈黙の時間が流れます。

村は平和なまま。

あれ？　まだ、爆発しない。

手榴弾の威力を過去の経験で知る兵士たちは、揃って怪訝な顔をします。

すると、頭をかかえて床に伏せたキム先生にむかって、生徒のひとりがのんびりと訊《き》きました。

「キム先生、どうしたんですか？」

だいぶ時間が経ち、もう爆発はないと判断したのか、ついにピョ少尉は手榴弾から身体を起こしました。そのとき、ピョ少尉とスファ中隊長の目が合いました。

スファは、こちらのミスで地面に落ちた手榴弾に覆いかぶさった相手……ピョ少尉の顔を複雑な気持ちで、しみじみと見ていました。

ほっとして立ち上がった五人はすぐに、慌ててまた三対二の敵と味方に別れます。

スファ中隊長へ、チャン・ヨンヒは自分の手榴弾を指して訊ねました。

「もしかして……これも不発弾では？」

するとピョ少尉は今まで胸の下にあった手榴弾を拾い上げ、

「ほら、やっぱりアカ野郎の武器は出来損ないだ」

と言わんばかりに、人民軍の三人を、軽蔑《けいべつ》の眼で見ました。

そうして、ピョ少尉は人民軍を嘲笑《あざわら》ってみせてから、役立たずの手榴弾を後方へ適当に投げました。

その一瞬。

ドオーンというものすごい爆発音とともに、ピョ少尉の後ろにあった茅葺《かやぶ》き屋根の小屋が吹っ飛び、みるみるうちに燃え出したのです。

「うわぁ〜っ!!」

危険を感じた兵士たちが身を伏せたのも束の間。

手榴弾が命中したのは、トンマッコルの村人たちが収穫した穀物や野菜を貯蔵しておく蔵でした。

おそらく、食品庫である蔵の中に貯蔵してあったトウモロコシが爆発したのでしょう。

ほどなくして、そこには……空から……村じゅうにポップコーンの雨が降りました。

それはまるで、雪のように真っ白で。

子供たちは喜んで飛び跳ね、なかでもヨイルはもっとも嬉しそうにピョンピョンと跳んでみせました。そんな彼女の姿を見ながら、空から落ちてくる白い雪のようなポップコーンの粒を眺めながら……偶然鉢合わせた兵士たちの心にも……なにかが降り注いだのです。

彼ら——韓国軍の少尉ピョ・ヒョンチョルと衛生兵ムン・サンサン、人民軍の中隊長リ・スファと下士官チャン・ヨンヒと少年兵ソ・テッキ、そして国連軍のニール・スミス——六人の兵士たち——はポップコーンがはじけて、白い雪となって降る景色を目にするうちに、急激な眠気に襲われたのでした。

第6章

農作業の愉しみ

それから何時間、彼らは眠ったのでしょうか。

広場で倒れたスミス以外の五人の兵士たちは、村人たちによって、近くにある家の一室に運ばれました。板の間に茣蓙《ござ》を敷いた上で彼らが並んで熟睡している簡素な部屋には、小さな窓がひとつあるだけです。狭い室内には、農作業に使う竹籠《たけかご》などが所狭しと置いてありました。

その日はとうに暮れ、翌日になっても彼らは眠り続けました。

六人の兵士が熟睡しているのをよそに、トンマッコルに住む村人たちの平和な一日が、静かに終わろうとしていました。

ヨイルは、いつものようにドングとスミスの飛行機の横で飛び跳ねています。ふたりが楽しく遊んでいる夕方——オレンジ色の夕陽に染まるトンマッコルの各部屋では——。

スミスは別室でひとり寝ています。他の五人の兵士はというと……。

それまでまる二日、死んだように眠っていたピョ少尉は、とうとう目を醒《さ》ましました。

誰かが自分の頬を撫《な》でるように触っています。

誰だろう？　と思って見ると――。なんと、それは人民軍の軍服を着た下士官チャン・ヨンヒでした！

「ひえっ!!」

ピョ少尉が小さく叫んで飛び起きます。

近くで雑魚寝《ざこね》していたらしい、人民軍の少年兵ソ・テッキも韓国軍のムン・サンサンも、ピョ少尉の悲鳴を聞くと同時に、びくっと跳ね起きました。

立ち上がってみると、小さな部屋の右側に――韓国軍のピョ少尉とムン・サンサンの間に人民軍のチャン・ヨンヒが挟まれ――向かいの左側にひとりだけ、人民軍の少年兵ソ・テッキが立ちすくんでいます。

自分が韓国軍に囲まれていると知ると、チャン・ヨンヒは慌ててソ・テッキの横へ滑り込みました。

部屋のなかで、二対二で睨《にら》み合っている四人の兵士たちへ、縁側に座っていた村長が穏やかに声をかけます。

「ああ、起きたのか。ずいぶんぐっすり眠ってたな……背中が痛くないかい？」

薄暗い部屋の中から、ピョ少尉が明るい縁側にいる村長のほうへ目を細めると、その横に人民軍の中隊長リ・スファが座っていました。

スファの顔に、にやっと不敵な笑みが浮かぶのを見逃さなかったピョ少尉は、慌てて縁側から庭に走り降り、近くにあった農作業用の鎌を振り上げました。

勢いこんだピョ少尉を見ながら、サンサンは、

「また始まった」

と今にも泣き出しそうに嘆きましたが、軍組織の規律上、仕方ありません。イヤイヤながらも走り出て、ピョ少尉の後ろに加勢しました。

すかさず、人民軍のチャン・ヨンヒとソ・テッキも慌てて中隊長リ・スファの後ろに移動して身構えました。

すると、つい、ピョ少尉はテッキの左耳に飾られた花に目がいきます。ヨイルの左耳と同じ飾りなので、彼女の仕業でしょうか。ピョ少尉らの視線に気づいたチャン・ヨンヒも不思議そうに、隣にいるテッキの耳飾りを眺めました。

テッキ本人も、みんなが自分をじろじろと見るのでどうしてだろうという顔をしています。

そこで、村長が隣に座っているリ・スファを見ながら、のんびりと言いました。

「それくらいにして……何か食べんとな。心配せんでいい。彼が何もしないと約束してくれた」

鎌を振り上げたポーズのまま、ピョ少尉は村長に警告しました。

「約束？　村長はそいつの本性を知らないんですね？」

村長の隣に座っていたスファは、すっくと立ち上がり、手にしていた小さな刃物を見せながら答えました。

「血を見たいなら、それじゃなくて……刃の切れるやつを選べ」

戦闘で返り血を浴びたのか、軍服の左肩の布地部分に朱色の染みをつけているスファの言うとおりでした。ピョ少尉が自分の振り上げた鎌を見ると、それは刃が錆《さ》びついている上に柄はボロボロで、いかにも使えない代物だったからです。

ふたりが睨みあっている真ん前を、村長の妻がゆっくりと横切りながら言いました。

「皆さん、威勢がいいわね。……食べ物を持ってくるから、顔でも洗ってて」

ふと、五人の兵士たちが気がつくと、あたりには茅葺屋根が焼けたあとの匂いが漂っていました。むこうで、心配顔のダルスとヨンボン、ソギョンが相談する声が洩《も》れ聞こえてきます。

「蔵が焼けて食糧がない」

「ジャガイモが豊作だから心配ないよ」

「なんとかなるさ」

他の村人たちも、気がかりなようすで焼け落ちた蔵を見ています。

目が醒めたばかりの兵士たちに、すぐに手榴弾が爆発した記憶が甦《よみがえ》りました。そして、あの惨状は、すべて自分たちのせいだと悟り、なんともいたたまれない気持ちになりました。


けれど、村人たちは五人の兵士たちに食事を振舞ってくれます。相変らず、二対三で食卓についていると、村長が近づいてきました。

そして、料理を作ってくれた女性たちを代表して……村長の妻がさも申し訳なさそうに詫《わ》びました。

「粗末な食事でごめんなさいね」

だが、村人の男のひとりで、気の強いクァンジェが恨みがましそうに口を挟みます。

「こいつらは一年分の食糧を台無しにしたんだ」

しかし、村長はやさしく声をかけました。

「遠慮しないで。腹ごしらえだと思って、たくさん食べてくださいな。さあ……」

だが、さきほど彼らを非難したクァンジェは、まだぶつぶつ言っています。

「これで冬を越せるか？　蔵も空っぽなのに……」

四人の兵士たちは無言のまま、出された茹《ゆ》でたジャガイモをもそもそと食べ続けましたが、焼け落ちた蔵を見ていた人民軍のリ・スファは食事に手をつけないまま、すっくと立ち上がりました。

「同志たち、立って」

ジャガイモを食べていたチャン・ヨンヒとソ・テッキも、中隊長の命令を耳にして仕方なく腰を上げます。

「はい」

人民軍の三人の兵士が食事もそこそこに、宣言しました。

「我々は蔵を燃やしてしまった責任を取ります。お詫びに、冬を越せる食糧が出来るまでここに滞在して、皆さんの農作業を手伝います」

そして、すたすたと畑へ向かって出て行きました。

残された韓国軍のピョ少尉とサンサンは、黙々とジャガイモを食べていました。

するとサンサンが言いづらそうに問いかけました。

「あの……我々も、畑仕事を手伝うべきじゃありませんか？」

ピョ少尉は黙ってジャガイモを頬張っています。サンサンはたまらず、ピョ少尉を咎《とが》めました。

「だいたい……なぜ、あの蔵に投げたんですか？」

上官の将校である少尉のとった行動を責めるなんて、衛生兵のサンサンには許されないことでしたが、サンサンの指摘にピョ少尉もなにも言い返せませんでした。ふたりはただ黙って、気まずそうに食事を続けたのでした。

❀

結局、韓国軍のふたりも、先に畑に出た人民軍の三人のあとに続いて、村人の農作業を手伝うことにしました。

ちょうど、畑はジャガイモの収穫時期でした。かなりの豊作らしく、地表に出た緑の茎は三、四対の小葉をつけて、一面に豊かに生い茂っています。

地中に埋まったジャガイモの束を引き抜いているピョ少尉へ、サンサンは人民軍の三人を横目で盗み見しながら囁《ささや》きました。

「おかしいな。黙って手伝ってる」

韓国軍と同じように、三人で固まって作業している人民軍側は、まずチャン・ヨンヒがこそこそとスファに訊《たず》ねます。

「将校同志。今はおとなしく畑仕事して……本部隊が来たら合流を？」

何も答えないスファに、真面目な少年兵らしく、ソ・テッキは勇ましく進言しました。

「あいつらが何を企《たくら》んでるかわからないのに……ここでのんびり畑仕事ですか？……将校同志、先に襲撃を！」

すると、考え込んだ様子のスファはただ、

「真面目にやれ」

と言っただけでした。

そんな兵士たちを見て、ダルスと並んで作業していたソギョンが、にこにこしながら言います。

「俺の目には、皆がいい人に見える」

ダルスは黙っています。そのそばから、兵士たちに批判的なソギョンの弟クァンジェが、

「兄貴、人を見る目がないね」

と嫌みを言うと、ソギョンはもっとにっこりして答えました。

「ああ。だから、俺の話は軽く聞き流せばいい」

こうして、双子のおじいさんがパンソリを歌うなか、その日の農作業はなごやかに終わりました。日没が近づくと、トンマッコルの村人たちはソギョンやダルスを先頭に畑から帰ります。その一行に続いて人民軍の三人が歩き、そのあとを韓国軍のふたりが少し離れて進みました。

「おい！」

いきなり、人民軍のスファが歩みを止め、後ろのふたりへ振り返って声をかけます。両者は再び睨《にら》みあいました。ふたりの兵士を従えて立ち止まったスファのもとへ、ピョ少尉はひるむことなく、つかつかと歩み寄りました。ダルスたちも歩くのをやめて、心配そうに彼らを見ています。

目の前でピョ少尉が立ち止まると、スファは意を決したように告げました。

「食糧は俺たちに任せて出ていけ。一緒にいて何になる？」

するとピョ少尉も負けじと言い返します。

「ふざけたこと言ってないで、お前たちが出ていけ」

スファは両手を後ろで組んだまま、堂々とした口ぶりで訊ねました。

「なぜここに居座るんだ？　あのヤンキーを連れて帰れば勲章だろ？」

スファの後ろから、ソ・テッキが憎まれ口を叩きました。

「同志、村を出る時は気をつけろ。ふもとは人民軍に囲まれてる」

するど、ピョ少尉は可笑《おか》しそうに彼らに教えます。

「この山全体で……アカ野郎はお前ら三人だけだ。国連軍が仁川に上陸したんだ。今頃は……平壌を攻めてるだろう。辺り一面、アカ野郎の死体だらけさ。真っ赤な……」

「バカ野郎！　ほざくんじゃねえ！」

興奮した少年兵ソ・テッキが怒鳴ると、スファが彼を制しました。ピョ少尉はさらに続けます。

「気をつけるのは、お前らのほうだ！」


国連軍と韓国軍が優勢だという情報を初めて聞いたスファたちは、その夜、眠れぬ時を過ごしていました。

隣同士で横になったスファに、チャン・ヨンヒが心配そうに訊ねました。

「平壌を攻められたら……一大事ですね？」

スファには聞こえているのですが、彼は黙って目を閉じています。代わりに、窓の外の見張りをしているソ・テッキが答えました。

「下士官、そんな話を真に受けるんですか？　それが本当なら……なぜ、あいつらがここに？　デタラメですよ……ダマされないで」

するとチャン・ヨンヒはしみじみと言いました。

「あいつらは……もしかしたら……部隊から逃げてきたのかもしれん」

韓国軍のふたりの部屋でも、ピョ少尉が必死に不寝の番をしていました。人民軍とは逆に、部下のサンサンのほうが布団で横になっています。

「寝ないんですか？　少しは寝ましょうよ」

窓にへばりついているピョ少尉へ、サンサンがうんざりしたように言うと、ピョ少尉はあたりをぎょろぎょろと眺めながら呟《つぶや》きました。

「人民軍のやつらに殺されるかも……」

「その気なら、とっくに殺してるはずですよ……」

ピョ少尉に、なにげなく言葉を返したサンサンでしたが、やがて、横たえていた身体を起こして、不思議そうに言いました。

「待てよ。ホントですよ……なぜ、殺さなかったのかな？」

ピョ少尉も、サンサンの疑問に思わず振り返りました。

その頃、金浦空港にある国連軍の空軍司令部では、レーダー兵たちが座るすぐ横で、緊迫した軍事戦略会議が行なわれていました。

「C802輸送機が失踪《しっそう》した場所から……C502輸送機が失踪した場所はわずか十キロ。スミス大尉のA1偵察機もその付近で失踪しました。おそらく……人民軍対空ミサイル部隊の生き残りが……そこにいます」

国連軍のアメリカ人の大佐が、朝鮮半島の地図が書かれた黒板を指しながら言うと、韓国軍の将校は懐疑的に答えました。

「大佐、憶測にすぎません。詳しい調査が必要です」

ふたりの部下の意見が対立したところで、空軍の指令長官が判断を下しました。

「問題は場所だ。そこは死守しなければならない。長津郡《チャンジングン》までの補給路となっている重要なルートだぞ」


いっぽう、戦争には無縁の、のどかなトンマッコルでは、ジャガイモの収穫がピークを迎えていました。一日の畑仕事を終えて、兵士たちが村に戻ってきました。

帰り道、チャン・ヨンヒがぶつぶつ文句を言っています。

「畑仕事を手伝うのはいいが……いつ終わることやら」

ソ・テッキがスファとチャン・ヨンヒと村へ戻ると、ヨイルがテッキから貰《もら》った（というより、むりやり取り上げた）手榴弾《しゅりゅうだん》のリングを指にはめて、楽しそうに遊んでいました。

ヨイルはテッキと目が合うと、にこっとしました。

テッキは照れて、慌てて視線を逸らします。

そんな若いふたりを見て、チャン・ヨンヒがテッキを冷やかしました。

「おやおや、顔が赤くなってるぞ」

すると、照れ隠しにテッキはわざと勇ましくどなります。

「まさか。……奴らと一緒で腹が立ってるだけだよ！」

近くで聞いていたサンサンが怒りました。

「あいつ……俺だって、お前らと一緒にいるとヘドが出るよ！」

すると、ピョ少尉も、

「この野郎！」

と喧嘩《けんか》を始める雰囲気になると、逆にサンサンが制止しました。

「抑えて……ガキを相手にしてもしょうがない」

すると、テッキの顔色が変わりました。

「何だと？　ガキだって？　クソッタレ。やるか？　どうした？　怖気《おじけ》づいたか？　お前は腰抜けだ。だから脱走したんだろ？」

テッキの挑発に、ピョ少尉が切れました。

「クソ野郎！」

テッキに摑《つか》みかかろうとしたとたん、駆けつけたスファがピョ少尉の胸倉を摑みました。

「この村で騒ぎを起こすな。お前がそう言ってただろ？　テッキ、お前も部屋に入れ」

すると、ピョ少尉はいきなりスファの頰を殴りました。

殴られたスファも怒ります。

「俺をナメやがって……」

ピョ少尉よりはるかに大柄なスファが、相手に摑みかかろうとした瞬間。あたりにはシーンと冷たい空気が流れました。スミスや子供のドングが不安そうに見ています。

「殺してやる！」

スファがピョ少尉を地面に倒したところで、ようやく、チャン・ヨンヒがふたりを止めました。

「やめろ！　約束を忘れたのか？」

すると、村の女たちも……村長も困ったようにスファのほうを見ています。そういえば、スファは村長に自分から手出しはしないと約束していたのでした。

その自制心が、すんでのところでスファを止めました。
怒りでぶるぶるしながらも、ようやくスファはピョ少尉を放しました。

第7章

イノシシ退治

それから数日経った、あるよく晴れた日。

ようやくひとりで歩けるようになったニール・スミス大尉は、松葉杖《づえ》をつきながら自分の飛行機まで歩いてきて、久しぶりにコクピットに座りました。

彼は神に祈るような気持ちで、無線機に向かい、必死の連絡を試みます。

「こちらA1、応答せよ。……こちらA1。……聞こえるか？ 応答せよ」

けれど、相手は何も答えません。飛行機の下では、野原に立っているドングがスミスへ懸命に語りかけています。

「ねぇ、おじさんの名前は何ていうの？ 僕はイ・ドングだよ！」

その瞬間。なんとなく、奇跡的に無線が国連軍本部につながったようでした。空軍司令部の担当官が慌てて応答しましたが、

「受信。今どこだ？ 無事か？」

途切れ途切れに、かすかな声が聞こえたかと思うと、あとはぷつっと切れてしまいました。その横で、相変らずドングが大声でどなっています。

「僕はドングだよ！　聞いてるんだから、な・ま・え、ちゃんと答えてよ！」

「あ～あ」

ついに聞こえなくなって、頭を抱えたスミスに、なおもドングが無邪気に呼びかけていました。

「なんで大声出してるの？　おじさんの名前は何なの？　すっごく面白いものがあるんだ。一緒に見に行く？」

無線連絡を諦《あきら》めたスミスが、ドングの言う、面白いものを見に出かけたあと。国連軍の空軍司令部の担当官は、空っぽの飛行機にむかってなおも無線交信を続けていました。

「A1、応答せよ。A1！」

ドングがスミスを案内したのは、彼がひとりで見つけた秘密の場所……おいしそうな蜜《みつ》蜂《ばち》の巣があるところでした。

「おじさん、ちょっとここで待ってて……」

いたずらっぽく言ったドングはひとり森の中へ、ごそごそと入って行きます。

しばらくして、ドングは生い茂った緑の中から、山道に松葉杖をついて立っているスミスへ呼びかけました。

「おじさんの名前は？」

「スミス」

スミスが短く答えると、ドングは訝しげに訊ねます。

「スミス？、ス・ミス？……変な名前だ。……〝ス〟だって？ そんな名字があるの？」

すると、いきなり、ドングが慌てたようすで走り出てきました。

「スミスおじさん～。早く逃げて‼」

「OH、シット！」

スミスも大急ぎで、松葉杖をつきながらよたよた逃げたのですが……。

追いかけてきた蜂の大群に、顔のあちこちを刺されたドングとスミスのふたりは、命からがら村に戻りました。

そんなふたりをじっと見て、ヨンボンをはじめ村の大人たちが心配しました。

「その顔、どうしたんだい？……ドング」

顔じゅう、蜂に刺された傷痕《きずあと》をつけたドングは、傍らのスミスを見ながら、一生懸命話題を変えようとします。

「このおじさんの名前、知ってる？　名前はス……ス……何だっけ？　ああ、思い出した、スミス。名字が〝ス〟で、名前が〝ミス〟。ス・ミスだよ！」

村人たちは不思議そうにその名前を繰り返しました。

「スミス？」

「ス・ミス」

「何の話だ？」

スミスは言葉の意味がわからなくてドングに問うのですが、なおも村人たちは興味深そうに繰り返しました。

「ス・ミス？」

「ああ、僕はスミス。……スミスは僕の名前だ」

しかし、みんなはまだ笑っています。スミスは不安そうにドングに訴えました。

「何？　なぜ笑う？　何度も僕の名前を呼ぶなと言ってくれ」

ドングはただにこにこしています。

縁側にいたダルスは、語尾の発音が自分の名前と似ているので、嬉《うれ》しそうに言い添えました。

「僕はダルスだよ」

すると、それまでにこにこしていたドングが……母親がむこうから近づいてくるのを見ると、叱られると思ったのか、急いで逃げ出しました。

その夜。

ひそかに、ドングの母親が村長に直訴していました。

彼女は——今日の午後、ひとり息子のドングが母親に無断で、よそ者のスミスと一緒に、蜂の巣のあるような遠いところまで行ったことが——ショックだったのです。

「ドングの父親が家を出て、九年になります。外の世界を見たいと言って、勝手にひとりで出て行ってしまったけど……ドングまで、この村を出て行きそうでとても心配なんです。村長、今のうちに外部の人を追い出してください。ドングまでここを出て行ってしまったら、私はもう生きていけません」

村長はパイプの先に煙草の葉を詰めながら、ドングの母の訴えをじっと聞いていました。

その横で——村長の老母がスミスの腫《は》れ上がった顔に——蜂に刺された患部にコチュジャンを塗って手当てをしています。

「これは味噌《みそ》だよ」

「イタタタ……OUCH!」

何やら英語の言葉を吐いて痛がるスミスの顔を、村長とドングの母は複雑な思いで見ていました。


数日後。

天気のいい日。畑仕事に出ていた韓国軍の衛生兵サンサンは、口笛を吹きながらひとり呟《つぶや》いていました。

「あーあ、今頃は俺も鍾路《チョンノ》でのんびり暮らせたのに……奴らが攻めてきたから……ひどいザマだ」

すると、すぐ隣で作業していたソ・テッキがすかさず、唇を尖《とが》らせて反論します。

「それはお前らだ。米軍と攻めてきただろ?」

サンサンはあきれ顔で言いました。

「何も知らないんだな。お前は黙ってろ」

「じゃあ、俺たちが攻めたって言うのか?」

サンサンに喧嘩腰《けんかごし》で言う少年兵へ、近くにいたスファが制します。

「テッキ……やめろ」

だが、テッキはむきになってスファにたたみかけました。

「こいつがデタラメを言ってます。……攻めたのは俺たちだって……？」

すると、スファは静かに頷《うなず》きました。

「俺たちが攻めた」

「……ああ、そうだったのか……」

ぼう然と呟いたテッキに、サンサンは勝ち誇ったように言いました。

「ほらな」

「俺は何も知らなかった。……ただ戦争に行けと言われて」

寂しそうに、ぼそっとそう洩《も》らしたテッキを、韓国軍のピョ少尉が感慨深げに見ていました。なぜなら、彼もまた、テッキと同じように、ただ行けと言われて戦争に行ったからでした。

同じ頃。

再び、スミスはドングと一緒に、墜落した飛行機の前に来ていました。トンマッコルの村の暮らしは悪くはありませんが、国連軍パイロットとして、なんとかして、ここから元にいた世界へと戻らなければならないような気もしていたのでした。

しかし、無線機は壊れたままで、連絡手段がありません。打つ手はなく、ぼう然と飛行機の前に座っているスミスに比べて、ドングはいつものように元気いっぱい。

飛行機のコクピットに座り、スミスおじさんの真似《まね》をして遊んでいます。

「こちらA1、応答せよ。応答せよ！」

しばらくそうしていましたが、やがて無線ごっこに飽きたドングはコクピットから降りました。飛行機のたもとに座っている、スミスの前で、潑剌《はつらつ》と駆け回っていたドングは、おやっという顔で目を凝らしました。

ヨイルがこちらにむかって走ってくるのです——いつものように、風のように速く走っていて——とても楽しそうに。

けれど、なにかが違っていました。

すると、地べたに座り込んでぼんやり見ていたスミスも、すぐに、その異変に気づきました。

幸せそうに疾走するヨイルのあとを、巨大なイノシシが追いかけてくるのです！

ドングとスミスは同時に、彼女と一頭のイノシシが揃って……物凄《ものすご》いスピードでこっちに向かって突進してくるのを見ました。

✿

いっぽう、農作業を終えて、いざトンマッコルへ帰ろうとしていた五人の兵士と村人たち。

ふもとにいた彼らはちょうど、丘の上のほうからこちらへむかって走り降りてくるヨイル、ドング、スミスの姿を見ました。

ヨイルを見つけたテッキが思わずにこにこしたように、駆けてくる彼女は満面に笑みを浮かべているのですが——対照的に、ドングとスミスは必死の表情で、転がり落ちるように走ってきます。

ヨイルを除き、ドングとスミスふたりのただならぬ雰囲気に、村長以下、ダルス、ソギョン、ヨンボン、キム先生が目を瞠《みは》りました。

人民軍の三人も、韓国軍のふたりも、軍人特有の勘で危険な匂いを嗅《か》ぎつけます。

その場にいたみんなが凍りついたように見た先には……一目散に逃げてくるスミスのあとからは……なんと！

見たこともないような巨大なイノシシが、こちらにむかって全力疾走してくるではありませんか!!

咄嗟《とっさ》に、以前ヨンボンから聞いた〝畑を荒らすイノシシ〟——が全員の脳裏に甦《よみがえ》りました。

あの、イノシシか！

憎い、にっくき、イノシシだ!!

それにしても……これほど大きいとは！

そのイノシシの巨体は、ゆうに大人三人分の大きさがありました。

イノシシというより、その大きさはまるで牛のようで、獰猛《どうもう》な風貌《ふうぼう》はほとんどライオンに似ていたのです。

巨体に、なおも勢いをつけて猛スピードで近づいてきたイノシシが最初に追いかけたのは、少年兵のソ・テッキでした。

ソ・テッキが勇敢にも、イノシシの額に石を投げつけたので、獰猛なイノシシが怒ったらしいのです。

テッキが尻に帆を掛けて逃げ出したところ、危機一髪で彼を助けたのは韓国軍のピョ少尉でした。ピョ少尉は、ジャガイモの入った籠《かご》を投げ捨て、大ジャンプして見事テッキを助けたのです。すると、獰猛《どうもう》なイノシシは、今度はピョ少尉のことが癪《しゃく》に障ったのでしょう。怒った巨大イノシシがUターンして、すぐピョ少尉のあとを追いかけ始めました。狙われたピョ少尉は一目散に逃げる。逃げる！

けれど、イノシシのスピードといったら物凄いのです。

もうすぐ捕まる、というすんでのところで……みんなへ指示を出し、咄嗟に縄を張って罠《わな》を作ったスファの機転が利きました。

スファが投げた縄を人民軍の下士官チャン・ヨンヒはしっかり受け取り、韓国軍の衛生兵ムン・サンサンとともにその縄を力強く握りました。もういっぽうの縄を、ダルスとソギョン、ヨンボン、クァンジェが懸命に持っています。

運動会の徒競走の要領で、ゴールへ先にピョ少尉が飛び込んだとたん。鼻先の差で追いかけてきたイノシシがゴールする直前に、チャン・ヨンヒとサンサン、ダルスたちが一斉に縄を上げて、イノシシの足先に見事にひっかけたのです。

空中へと豪快に放り出されたイノシシにトドメをさすため、スミスが自らの松葉杖《づえ》をスファに投げてよこしました。

必死の形相のスファは、受け取った松葉杖を即座に二つに折りました。そして、自分の身体を持ち上げるように、その場で高く飛び上がったかと思うと、同時に、鋭く尖《とが》った杖の先端をイノシシの背中に突き刺しました。

勢い余って地面に叩きつけられるスファのことを——イノシシに追いかけられたテッキもピョ少尉も、罠を仕掛けたヨンヒもサンサンも、村人たちも——みんなはしばらく放心状態で、ぽかんと口を開けて目の前の風景を眺めていました。

やがて、ぐったりした巨大イノシシを目の当たりにしたみんなは、ようやく、いま起こった事態を把握できるようになります。すると、全員が一拍遅れで歓喜しました。

やったぁ!!

ついに退治したぞ！

てきぱきと、チャン・ヨンヒが声をかけます。

「早く押さえろ！　縛るんだ！」

慌てて、サンサンとソ・テッキ、スミスが縄を持ち、倒れているイノシシを取り囲みました。男たちが総出でイノシシの両脚を縄で縛り上げてしまうと、やっと、みんなに安堵《あんど》感が広がりました。

スファは兵士たち五人——スミスとチャン・ヨンヒ、ソ・テッキ、ピョ少尉とサンサン——それぞれの顔を感慨深げに見ました。

彼らは無言で視線を絡ませながら、それぞれ何らかの、暗黙のうちに通じる何かを感じていました。なぜなら――彼らは偶然に出会ってから初めて――一緒に協力して、何かを成し遂げたような気がしていたからです。

イノシシの騒動が落ち着いたとたん、ドングの母親は真っ先に息子に駆け寄り、わが子を抱きしめました。

「ドング！」

「母ちゃん！」

「大丈夫？」

「うん！」

ドングの母は、勇敢なスファに心から感謝しました。

「どうもありがとう」

母親に軽く会釈したスファは、よしよしというふうにドングの頭を撫《な》でます。

「怪我はないか？」

「大丈夫だよ」

さらにドングの頭をさすりながら、スファは「ハハハ、頼もしいな」と笑いました。

やがて、ドングの母から注がれる自分への視線に照れたように、咳《せき》払いをひとつして、母子から離れていきました。

その夜。

ピョ少尉と並んで横になっていたサンサンは、イノシシのことが気になってどうしても寝つかれませんでした。何度か寝返りを打っていましたが、とうとう寝床から起き上がりました。

「ピョ少尉、一緒に行きましょう」

サンサンはピョ少尉を誘って、トンマッコルの村をこっそり抜け出しました。真っ暗闇の山道を歩きながら、彼はつくづくわからないという顔でピョ少尉に訊《たず》ねました。

「トンマッコルの村の人はなぜ肉を食わないのかな？　畑を荒らしたからかなあ？　でも、わざわざ弔ってから埋めることもないのに……そう思いませんか？」

イノシシ退治が見事成功したあと。てっきり、みんなでイノシシ鍋《なべ》に料理するだろうと踏んでいた兵士たちは、肉を食べないだけではなく、動植物すべての命が尊いものだと信じる村人たちから「このイノシシもかわいそうに。ちゃんと葬ってやりましょう」と言われ、仕方なくイノシシの土葬に従ったのでした。

しかし、トンマッコルに来てからというもの、ずっとジャガイモとトウモロコシの菜食生活だった彼らにとって、イノシシの肉を食すという誘惑は抗し難いものでした。

村人たちが掘ったばかりのイノシシの墓場……目当ての場所にふたりが着くと、すでに先客がいました。

「部隊にいた頃はイノシシを捕まえるのが得意で……」

チャン・ヨンヒの声が聞こえてきます。

すると、人民軍の三人が、昼間殺したイノシシを、丸焼きにして食べている真っ最中でした。

彼らを見たとたん、ピョ少尉はきまり悪そうに、回れ右をして帰ろうとしました。

しかし、肉の焼けるおいしそうな匂いの誘惑に勝てないサンサンが、

「待って……」

と、思わずピョ少尉の腕を取って引き留めました。

真夜中に集合した五人は——黙りこくったまま、肉を焼く火を囲んで——おとなしく座っていました。

最初はみんな無言で、なんとなくぎこちない雰囲気でしたが、人民軍の下士官チャン・

ヨンヒが、サンサンへ焼きたての骨付肉を差し出して言いました。

「食えよ」

しばらく迷っていたけれど、すぐにかぶりついたサンサンは、その肉の旨《うま》みに思わず、にんまりしました。

そして、食べかけの骨付肉を隣のピョ少尉に渡すと、彼もまた、さもおいしそうに食べました。そんな彼を見て、スファもヨンヒもテッキも、サンサンも、みんなが幸せそうに笑いました。

しばらくすると、彼らの背後に細長い人影が見えました。振り向くと、それはスミスでした。スミスもまた、皆と一緒に車座になると、今度はスファが肉を彼に差し出しました。

かぶりつくように勢いよく肉を齧《かじ》ったスミスは、満足そうに微笑みました。

「うまい」

上機嫌の六人の兵士は楽しく談笑しながら、豪勢なイノシシの丸焼きを食べ続けました。

「ピョ少尉、これもどうぞ」

「いい味だな」

それから、至福の〝イノシシ・バーベキュー〟は夜更けまで続いたのでした。

その明け方、トンマッコルには激しい雨が降りました。
たらふく肉を食べ、満腹で村に戻ってきた彼らは浮かれるあまり、小躍りしながら……
まるでヨイルのように楽しく雨に打たれていました。

第8章

和　解

翌朝は一転、抜けるような青空でした。

それまで決して脱がなかった軍服を揃って脱いだ六人は、トンマッコルの村人たちが着ているのと同じ衣服——木綿の、着心地のよい上着《チョゴリ》とズボン《パジ》——に身を包んで、一緒に畑へ出かけました。

村長は目を細めて言いました。

「お似合いです」

スファもピョ少尉も、サンサンもチャン・ヨンヒも、ソ・テッキも清々しい気持ちで、晴れ渡った蒼空《あおぞら》にむかって胸を張り、深呼吸しました。

それぞれ、辛かった過去の体験を軍服とともに脱ぎ去り、今日から、新しい自分に生まれ変わったような気がしていたのです。

にこやかに、そして晴れやかに歩いていく五人の兵士たちに続いて、列の最後にいたのはスミスと、スミスおじさんが大好きなドングでした。

けれど、アメリカ人のスミスにとって、トンマッコルの村人たちから借りた上着《チョゴリ》の袖は短すぎるし、ズボン《パジ》の丈もとても足りません。
はじめ、スミスは恥ずかしそうに袖口を引っ張っていたのですが、やがて諦《あきら》めたのか、ドングと仲良く手をつないで歩き出しました。

昨晩一緒にイノシシを食べて以来、心が通いあい、お互いに打ち解けあい――それまでの対立が嘘のように――いつのまにかすっかり仲良くなった人民軍と韓国軍なのでした。たとえば――。

農作業中に、人民軍のチャン・ヨンヒは、韓国軍のムン・サンサンへ、ふざけて小石を投げて、ちょっかいを出したりしていました。また、それぞれのリーダー、韓国軍のピョ少尉と人民軍のリ・スファ中隊長もひょんなところで出くわして親しくなりました。

それは、ジャガイモの白い花が満開に咲いている畑の中でのことです。

スファは、胸元まで生い茂ったジャガイモの葉陰にしゃがんで、大便の用を足していました。すべてを出し切って気持ちよくなったところで、それまで閉じていた瞳《ひとみ》を開けました。

すると、その近くでちょうど、韓国軍のピョ少尉も同じように、しゃがみ込んで用を足していたのです。

思わず目が合ってしまったふたりは、しばらく、決まり悪そうにお互いを見つめていました。やがて、それぞれ違う方角を見て、わざと視線を逸らせました。

同じように、屈み込んだポーズをした相手へスファが話しかけました。

「脂身を食ったせいか、通じがいい。……あんたの名前は？　俺はリ・スファだ」

ちょうど息張っている最中なのか、ピョ少尉は何も言わずに顔をしかめただけでした。

「たしか……衛生兵が〝ピョ少尉〟と呼んでたな？」

スファがさらに訊《き》いても相手は何も答えません。しかし、彼は構わず、素直に昨日の礼を言いました。

「助けてくれて、ありがとう」

イノシシに襲われた時のことです。

「仲良くしようじゃないか」

思い切ってスファが提案すると、ピョ少尉は黙ったまま、ちぎったジャガイモの葉で臀《でん》部《ぶ》の汚れを拭《ふ》くと、両手でズボンを引き上げて立ち上がりました。

そして、無言のまま数歩歩くと、おもむろに振り返って、しゃがんだままのスファに訊ねました。

「ひとつだけ聞く。……俺たちが寝入っている間……なぜ殺さなかった？」

すると、ちょうど、再び便意をもよおしたスファが眉《まゆ》をひそめ、その問いに答えないうちに……ピョ少尉は静かに彼から離れていきました。

同じ頃。

金浦空港にある国連軍空軍司令部では、作戦会議が開かれていました。会議では、〝スミス大尉が失踪した区域をもう一度爆撃する〟意見と、〝そこに人民軍の生き残りや中国軍が潜んでいるという考え方は憶測で、その田園地帯に暮らす民間人が犠牲になる〟という意見が対立していました。

「ここがスミス大尉との最後の交信地点です。人民軍の生き残りがいる以上、作戦は決行だ」

爆撃を主張するアメリカ人は国連軍の少佐ですが、韓国軍の将校は真っ向から反対しました。

「憶測です。確かな証拠はありません」

「わが国連軍は北に進撃中だ。輸送物資の補給なしに、勝利することはできん」

「もっと詳しく調べる必要があります」

「敵がそこにいるのは明らかだ」

朝鮮半島出身の韓国軍将校は苦しい表情で訴えました。

「そこに暮らしている民間人が犠牲になります」

「今、我々は民間人に同情する余裕などない」

「それは、あまりにも無責任です」

非難する韓国軍の将校に対して、国連軍の少佐はこの戦争の大義を力説しました。

「補給路を失ったら、この戦争は長引いてしまう。とにかく、急いで中国軍を撃退しなければならない」

ふたりの将校の対立する意見に耳を傾けながら、司令官ら上官は難しい決断を迫られていました。確かに、仁川上陸作戦に成功したものの、北朝鮮の要請で中国軍が朝鮮半島に進軍し、韓国軍と国連軍にとって戦況は予断を許さない状況にあったのです。

自分のことで国連軍と韓国軍が揉《も》めていることなど知る由もなく、スミスはトンマッコルの村人たちに、得意のアメリカン・フットボールを教えていました。スミス大尉はかつて、大学選手権で最強のフルバックとして活躍し、地元紙の一面を飾ったこともあるのです。

スミスは苦心して、わらで編んだ楕円形のお手製ボールを作り、みんなでそれを投げ合って遊びました。

「準備はいいか？」

スミスのかけ声とともに、走ってパス、そしてまた走ってパスが繰り返されました。誰よりも速く走れるヨイルは、テッキやサンサンがゲーム中に走っていると、すぐに競走を仕掛けてくるのです。

そして、駿足《しゅんそく》のヨイルはいつも、瞬く間にテッキやサンサンを残し、森の向こうへと走り去ってしまうのでした。

そんなある日。

スミスは上機嫌で、わらで作ったアメリカン・フットボールの楕円形のボールを触っていました。ふと気づくと、近くで、ドングが米軍の偵察機専用の八ミリカメラで遊んでいるのに気づきました。

驚いたスミスは、さっそくドングに訊《たず》ねました。

「それを……どこで見つけた？」

八ミリカメラを拾ったところはね、とドングが案内してくれたのは、山のさらに奥地でした。なんと……そこには墜落した米軍の輸送機が二機……苔《こけ》やうっそうとした雑草に覆われて、ひっそりと横たわっていたのです。

ぼろぼろになった輸送機の中には――小銃やら機関銃、爆薬やロケット砲まで――未使用の、たくさんの武器が置いてあって、その武器庫の上には一匹の白い蝶《ちょう》の死骸《しがい》がありました。

さらに、輸送機の天井にはぽっかり穴が開いており、そこから青い空と真っ白な雲が見渡せました。

墜落して廃墟《はいきょ》のようになった飛行機の中で。無邪気に遊んでいるドングをよそに、スミスはその丸く切り取られた空を見上げ、目を細めながらひとり呟《つぶや》きました。

「あの雲は何だろう?」

スミスが雲だと勘違いしたのは、実は真っ白い蝶の大群でした。空高く、青空に溶けるように飛び上がった蝶の群舞は、まさに浮雲のように見えたのです。

✿

アメリカン・フットボールだけではなく、兵士たちは自然の中で遊ぶ楽しみを見つけていました。

チャン・ヨンヒとサンサンのふたりが熱中していたのは、丘の急斜面を草そりで滑り降りること――。

ヨンヒと並んで猛スピードで走り降りながら、サンサンが上機嫌で自慢しています。

「俺は米軍クラブで女にモテまくってたんだ！」

「あっ、ピョ少尉も一緒に！」

近くを歩いているピョ少尉を見かけたサンサンは、うきうきとした気分で誘いましたが、ピョ少尉は興味なさそうにちらっと見ただけでした。

いっぽうのスファは、村人の前で得意の空手の技を披露したりするなど、彼なりにトンマッコルでの生活を満喫していました。

ある日。スファは、村長に、前から訊《き》きたくてたまらなかったことを訊ねてみました。

「あなたは、怒鳴ることもなく……村人をうまく統制している。その偉大な指導力の源は、どこにあるんですか？」

すると、老翁は穏やかに、ひとことだけ答えました。

「たくさん食わせること……」

みんなが楽しそうにアメリカン・フットボールをしていたり、草そりに興じるところを、いつもひとりで見ていたのが——ピョ少尉でした。

彼だけはなぜか、けっしてみんなの遊びの輪に加わろうとはしなかったのです。

しかし。……とうとう彼を遊ばせることに成功したのは……村長の老母でした。

その日。いつものように、ひとりだけ離れてぼんやりとみんなを見ていたピョ少尉に、老婆はわざと、アメリカン・フットボールの楕円形のボールをぶつけました。

それが、彼のなにかを……わだかまりを吹っ切らせたのでしょう。

試しにひとり、みんなを真似て草そりに乗って、全速力で急な丘を滑り降りたピョ少尉は、初めて爽快《そうかい》な気分を味わいました。

勢いあまった彼は、ついにそりから転げ落ち、草の上に投げ出されたのです。

放り出されたピョ少尉が柔らかい草の上に大の字に寝ていると、目の前にはただただ、真っ青な空が広がっていました。流れていく雲はどこまでも白く……その美しさに見とれるうち、ピョ少尉の顔にふっと自然な笑みがこぼれました。けれど、すぐに……彼の脳裏に恐ろしい記憶が甦《よみがえ》ってきました。

大地の上に大の字に横になった自分の横を、大勢の人々が通りすぎてゆくのです。それは、彼の戦争中の記憶のなかで、もっとも辛《つら》い記憶でした。

その時――。

橋の爆破を命じられていたピョ少尉は、大勢の避難民でごったがえす橋のたもとで、無線機にむかって上官に叫んでいました。

「今はできません。今は……簡単に決断できません！」

「今がどんな状況か、わかってないのか？」

「橋は避難民であふれてます！　子供も老人もいます！」

ピョ少尉は必死で訴えましたが、無線機を通した上官は非情にも命令を下しました。

「爆破しろ」

「できません。無理です！　避難民を全員殺せと言うのですか？　できません！」

「命令だ。逆らえば銃殺刑だぞ！　爆破しろ！」

「あの大勢の人たちをどうやって殺すんですか？　できません！　殺せません！」

「敵の戦車が来たら、俺たちはおしまいだ。爆破しろ！　命令だ。早く爆破しろ！」

ピョ少尉は物凄《ものすご》い形相で、爆弾のボタンに手をかけました。

いよいよ、爆発だ。ダメだ。このボタンひとつで、避難する人々を……皆殺しにしてしまう。

彼がそう思った瞬間。血走った彼の目に、ひょいとヨイルの顔が映りました。いつものように、左耳に花を飾っています。こちらを覗《のぞ》き込んだ彼女の登場ではじめて、ピョ少尉は今見ていたものが現実ではないと知ったのでした。

金浦空港の戦闘機格納庫では、国連軍のアメリカ空軍の大佐が出撃する直前の特殊部隊に最後の訓示を垂れていました。

結局、国連軍空軍司令部の下した判断は韓国軍将校の主張ではなく、アメリカ人少佐の意見〝スミス大尉が失踪《しっそう》した区域をもう一度爆撃する〟を採択したのです。

「諸君の任務は、何があろうともスミス大尉を救出することだ。一度だけ、A1機からかすかな無線連絡があった。作戦開始から二十四時間後に、この地域を爆撃する。肝に銘じておけ。爆撃後、すぐに退却だ。神のご加護を。以上」

ヘルメットをかぶった国連軍と韓国軍合同の特殊部隊員たちは一斉に敬礼しました。

「気をつけ、礼！」

平和なトンマッコルではその日、朝から、激しい雨が降り続いていました。

ドングとスミスは、村長の老母から茹《ゆ》でたてのジャガイモを手渡されているところです。

「ほら、お食べ」

「あちち……」

どしゃぶりなので、畑にも、野原に遊びにも行けないスファとムン・サンサン、チャン・ヨンヒは暇そうに、縁側から外を眺めていました。

サンサンは、チャン・ヨンヒの隣で寝そべりながら喋《しゃべ》っています。

「鍾路《チョンノ》に米軍のクラブがあるんだ。あそこの支配人になるのが僕の夢さ。もし支配人になれたら、両手に花だよ。すごいだろ？　でも……親父はわかってくれない」

すると、チャン・ヨンヒは可笑《おか》しそうに言いました。

「お前も、父親になればわかるだろう」

チャン・ヨンヒが大好きなサンサンは、彼に擦り寄って頼みました。

「まるで父親気取りだな。ねえ、〝兄貴〟と呼んでいい？」

「お前今いくつだ？　子供じゃないんだから、おじさんと呼べ」

「〝兄貴〟のほうがいいよ」

「年長者の言うことを聞け」

「〝兄貴〟のほうが、なんだか情を感じるんだ」

しつこく頼みこむサンサンに、チャン・ヨンヒは仕方なく言いました。

「いいよ。好きにしろ」

「兄貴……ずっと気になってたんだけど……」

サンサンがめずらしく、改まったようすで訊《たず》ねるので、チャン・ヨンヒはそれまで一緒に腹ばいになっていた身体を起こしました。

「初めて会った日……僕を殺す気だった？」

神妙な表情で訊くサンサンに、チャン・ヨンヒはにこにこして答えます。

「殺そうとしたが、もう銃弾が残ってなかった。ハハハ。すっかりダマされただろ？」

「本当なのか？　どうりで弱腰だと思った」

「ハハハ。弾丸がなきゃ撃てないだろ？」

「兄貴の言うとおりさ……アハハハ」

楽しそうに笑いあうふたりの声を聞きながら、ピョ少尉も穏やかな表情を見せていました。

ただ、縁側に腰かけたテッキはひとり、浮かない顔をしています。大雨のなか、村の広場にある台の上でねそべり、大口を開けておいしそうに雨粒を受けているヨイルを見ながら――テッキは隣に座っているスファに訊ねました。

「将校同志。食糧を蓄えたら……この村を出るんですか？」

「そうしないとな」

ぼそっと答えたスファに、テッキは少年兵らしく生真面目に質問しました。

「その後は？」

答えあぐねたのか、スファが黙りこんでしまうと、そばでサンサンとふざけていたチャン・ヨンヒが代わりに答えました。

「平壌が陥落し……国連軍は北進中だから、俺たちの行くところがない」

すると、サンサンも乱暴に、どっと身体を横たえながら呟《つぶや》きました。

「僕たちも帰るところがない」

その答えを聞いて、ピョ少尉も、スファもみんなが同時にうなだれます。実際、彼らには、もう行くところも、帰るところもなかったのです。

テッキは少年兵として前線に出て以来、大切に持ち歩いていた北朝鮮の旗を取り出しました。もう、この旗は自分には必要ないのかもしれない。ふと、そう思ったテッキは、雨の中で、いつものように足袋《ポソン》を脱いで自分の顔を拭《ふ》こうとしているヨイルを、ぼんやり眺めました。

やがて何を思ったのか、テッキは庭先へひとりで駆け出していき、手に持っていた折り畳んだ布――北朝鮮の旗――を黙って彼女に差し出しました。

でも、なかなかヨイルが受け取ろうとしないので、無理やり渡して戻ってきたテッキを、スファは微笑ましいという眼つきで見やったのです。

翌日はいい天気でした。畑で農作業をしている男たちのところへ、大きな籠《かご》を頭に載せた女たちがやってきました。

「昼メシだ！」

「やっと来たか」

「落とさないように気をつけろ！」

女性たちが担いでいる大きな籠の中には、待ちに待った昼食――茹でたジャガイモやトウモロコシ――が入っています。ドングの母親が籠を担いでいるのを、スファが受け取りました。

「それをこっちに。預かりますよ」

スファが軽々と持って行ってしまうと、残された女性たちは楽しそうに、ぺちゃくちゃとお喋りしました。

「よく働くわね。そうよ。あの人たち……力が強いから」

「それも考えものよ。だって……食糧ができたら、あの人たちとお別れだもの」

実際、食糧貯蔵庫の蔵を手榴弾《しゅりゅうだん》で焼いてしまったせいで食糧ができるまでこの村にいる、という約束だったのですから。

スミスが自分の女房とイモを分け合っているのを見て、少し拗《す》ねているヨンボン以外――みんなで、ピクニックのように楽しく昼飯を囲みながら――サンサンが寂しそうに呟きました。

「食糧はできたけど、帰るところがない」

「新しい手榴弾でも探してみるか？　もう一回蔵をふっ飛ばせば、また数ヵ月いられる」

チャン・ヨンヒが冗談めかしに言うと、サンサンも言い返しました。

「ハハハ。兄貴は働きすぎだ。軍人なのに畑仕事かよ。情けない」

すると、少年兵のソ・テッキが提案します。

「あの蔵は……小さすぎるんじゃないか？　もっとデカい蔵を作ろう」

「〝デタラメだ〟」

テッキの口癖をチャン・ヨンヒが真似《まね》てみせると、テッキが驚きます。

「僕のモノマネ？」

こうして、楽しく談笑する彼らを見守るスファの顔には、笑みがこぼれていました。

昼食が終わると、チャン・ヨンヒがサンサンに頼みごとをしました。前にサンサンが、鍾路《チョンノ》の米軍クラブで得意の歌を歌ってモテモテだったという自慢話を聞いたからです。

「唱歌を聞かせてくれ」

「唱歌？　歌？」

「頼むよ」

サンサンは即座に断りました。

「イヤだ」

けれど、兵士や村人たち、みんながせがみます。

「歌って！」

「唱歌が聞きたいなあ！」

「お願い！」

やさしいソギョンが、

「指名されると、歌いにくいもんだ」

かばいますが、サンサンは満更でもなさそうです。

「じゃあ、一曲」

と立ち上がると、サンサンは、食べ終わったトウモロコシの芯《しん》をマイクに見立てて、気持ち良さそうに歌い出しました。

♪楽しいリズムに　甘いメロディー
ブギウギは　希望の歌だ
悲しい涙は　もうおしまい
笑って生きよう
しかめっ面とは　おさらば
楽しい　この歌を歌おう
歌おう　ブギウギ
歌おう　ブギウギ♪

心地よい風が吹きぬける野原に、リズムをとりながら村人たちが手拍子する音と、サンサンの歌声が響き渡っていました。

第9章

収穫祭

それから数週間、トンマッコルの短い夏は駆け足で過ぎ去り、いつのまにか秋になっていました。

晩秋のある夜。

無事、長い冬に備えられる食糧を確保したトンマッコルの村では、豊作を祝うお祭りが開かれていました。

普段は夜じゅう真っ暗なトンマッコルの村ですが、収穫祭の今夜だけは特別です。提灯《ちょうちん》や松明《たいまつ》を灯《とも》し、村の中央には大きな焚《た》き火も燃やされているので、まるで昼間のように明るく照らされていました。

その前で、またもサンサンが得意の歌を披露しています。

♪楽しいリズムに　甘いメロディー
ブギ・ウギは　希望の歌だ

悲しい涙は　もうおしまい
笑って生きよう
しかめっ面とは　おさらば♪

晩秋の夜は底冷えがするため、村の人々はみんな、防寒着として裏側にイノシシやウサギの毛をつけた上着《カッチョゴリ》を着ています。
耳あてをしたサンサンの周りで、毛皮のチョッキ《トルヘザ》を羽織ったヨイルや、他の子供たちが歌に合わせて踊っていました。

その頃、失踪《しっそう》したスミスを探すため、国連軍の特殊部隊が乗った輸送機が、朝鮮半島の江原道にある山中付近、トンマッコルの上空近くへ迫りつつありました。

自分を探して特殊部隊が派遣されているとも知らないスミスは、ドングが墜落した米軍の飛行機から持ってきた八ミリカメラで、収穫祭の風景を撮影していました。
ヨンボンやソギョンなど、村の男たちは酒を酌み交わし、踊りまくっています。村長も座ったまま、サンサンの歌に合わせて、両手をひらひらさせていますし、テッキとヨイルは仲良くじゃれあっています。

そんな微笑ましい様子を撮るためにスミスが八ミリカメラを回していますと、村の女性たちがひときわ大きな上着《チョゴリ》を持って近づいてきました。

「ス・ミス。ス・ミス……これを着てみて」

「どうかしら?」

「きっと合うわ」

「合わなかったら?」

女性たちがスミスに羽織らせると、そのいかにも暖かそうな外套《がいとう》は彼にぴったりでした。スミスは嬉《うれ》しそうに微笑みました。

「ぴったりだ」

引き続き、サンサンがトウモロコシのマイクで熱唱しています。

「♪希望のブギウギ　歌いながら進もう……」

村中のみんな、特に子供たちが大喜びでした。

サンサンが歌い終わると、ソギョンが感嘆したようすで褒めています。

「驚いたよ。本当にいい声してるね」

酒を注がれたサンサンは嬉しそうに飲み乾《ほ》して、もっとと催促しました。

「うまいな。もう一杯」


盛り上がる村人たちをよそに、首に防寒用のマフラーを巻いた韓国軍のピョ少尉はひとり物思いにふけっていました。

そこへ、人民軍のスファがやってきて、彼の横に腰を下ろしました。

持っていた竹酒を一杯注ぐと、杯を黙ってピョ少尉に差し出しました。彼の吐く息は、寒さでもう真っ白です。しばらく迷っていた風のピョ少尉は、素直に杯を受け取りました。

すると、スファが意を決したように言いました。

「食糧もできたし……もうそろそろ、元の場所に戻らないと。お互い軍人として、別の戦地で会ったら、また銃を向け合うことになるだろうが……」

だが、遠くを見るようなまなざしのピョ少尉は、ひとり呟《つぶや》くように告白しました。

「もう会えない……僕は脱走兵だ。戻ったら銃殺される。もう二度と部隊に戻れないから、お互い、銃を向け合うこともない」

他人事《ひとごと》のように淡々と言って、酒をごくりと飲み乾したピョ少尉の横顔を、スファはじっと見ていました。

騒いでいるうちに眠ってしまった村長の老母をおぶって、スミスは彼女を家に連れて行きました。背中でとっくに寝入ってしまっている老婆へ、スミスは穏やかに話しかけています。

「あれを見て。皆、楽しそうだ。……これこそが人生だよね」

そして、スミスは寝床に老婆をそうっと横たえ、やさしく布団を掛けました。もうすぐここを去らなければならないこと、故郷に残してきた家族のことを思い出しながら……。

その頃。トンマッコルの近くを飛んでいる輸送機では、合計二十名もの特殊部隊がパラシュート降下の準備をしていました。

「よく聞け。落下まであと四分。我々は敵地に下降する。もし敵に見つかったら、容赦なく攻撃されるだろう。下降したらすぐに交戦態勢を整えてほしい。諸君の幸運を祈る。地上で会おう。行け！」

けれど、同時刻に。トンマッコルを守る真っ白い蝶《ちょう》の一団が、村の危険を察知してたくさん飛び立ったところでした。その乱舞する様子を、ヨイルだけが嬉しそうに見ていました。

パラシュートを頼りに、夜の闇の中へと身を投じていく特殊部隊員たち――彼らに無数の蝶たちが襲いかかったのです。

「ひぇぇぇ～！」

「うわぁ!!」

この蝶たちは以前も同じように、トンマッコルを攻撃する輸送機を墜落させて、村を外部の敵から守ったことがありました。

それが、ドングが八ミリカメラを見つけた大きな飛行機です。ドングに連れられてスミスが見に行ったとき、一匹の白い蝶の死骸《しがい》を見つけたのが、その証拠でした。

トンマッコルを守る蝶たちに襲撃された特殊部隊の兵士のうち、生存して着陸できたのはほんの僅《わず》かでした。

なんとかパラシュートで地面に降りられた兵士たちは、無線で本部に連絡を入れました。

「本部、こちら82。降下後、生存は五名。敵陣の発見に成功した。野良犬を発見。野良犬を発見」

彼らが見つけた敵陣とは、普段なら真っ暗なはずの……煌々《こうこう》と光に照らされたトンマッコルの村だったのです。

❀

まず最初に、軍隊の侵入に気づいたのはドングでした。村人たちが笑いさんざめくなか、竹馬に乗っていたドングはつい前のめりに転んでしまいました。ドングは地面にぺたんと座ったまま、肘《ひじ》についた土埃《つちぼこり》をはらっています。すると、暗闇から五個の懐中電灯が近づいてくるのに気づき、目を丸くしました。

村長も、サンサンも、ピョ少尉とスファも……思わず息を呑《の》みました。

なんと……重装備の特殊部隊員たちが自動小銃を構え、銃口をこちらにむけたまま……近づいてきているのですから。

ひたひたと忍び寄る軍人たちに、ピョ少尉とスファは咄嗟《とっさ》に顔をそむけましたが、サンサンは突然のことにきょとんとしています。それまで楽しそうに踊っていたキム先生は、まっさきに両手を上げました。

真っ黒い擬装用クリームを顔に塗りたくり、ヘルメットをかぶった五人の男たちが、すぐ近くまで寄ってきていました。焚《た》き火を囲んで楽しそうにしていた村人たちは、一斉にびっくりしたように立ち上がりました。

村人たちがしいんと見守る中、アメリカ人兵士三人と二人の韓国人兵士は銃を構えたまま進んできます。ピョ少尉ら元兵士たちにはもちろん、銃の威力がわかっていましたが、前回と同様、武器に対する知識がない村人たちは、銃を構えたというより、長い棒を持って無言で近づいてくる彼らをものめずらしそうに見ています。

いつも人のよいソギョン、ダルスとヨンボンは、特殊部隊員たちを見ながらこそこそと話し合いました。

「俺たちを見てる」

「あいさつしよう」

ダルスが提案します。

「様子が変だぞ」

ヨンボンが心配しましたが、ダルスは明るく言いました。

「相手と目が合ったら、あいさつするもんだ」

「そうしよう」

三人は声を合わせ、揃って、

「ようこそ」

挨拶《あいさつ》すると同時に、丁寧に頭を下げました。

言葉がわからないアメリカ人兵士は面食らったのか、一瞬戸惑いの表情を浮かべます。

その顔を見て、それまでの厳しい表情が緩み、笑顔を見せたと勘違いしたダルスは嬉《うれ》しそうに言いました。

「笑ってるぞ」

けれど、アメリカ兵は笑っているのではありませんでした。言葉の意味を解さない彼は逆に、自分がバカにされたと勘違いし、我慢ならないという顔でダルスたちを睨みました。

「ナメてるのか？」

米兵はそう言うやいなや、

「ふざけるな！」

とどなって、拳銃でダルスの横面をいきなり張りとばしました。ダルスは地面に殴り倒され、「遊びじゃない！」と逆上したアメリカ兵はさらに、彼の腹を足で蹴《け》り上げました。

村人たちは激しい怒りを伴った暴力を生まれて初めて見て、震えあがっています。

アメリカ兵は夜空に向かって銃を何発か撃ちながら、声を荒げました。
「アカ野郎ども。もう許せない！」
ソギョンに助け起こされたダルスは、痛みに顔をしかめて言いました。
「あいさつしなきゃよかった……チクショウ」

ふと、アメリカ兵の隣にいた韓国人兵士は、自分に手を振る女の子に気がつきました。ヨイルです。ヨイルは、いつも彼女が興味のある人にしてきたように、韓国人兵士の前に、にゅうっと顔をつき出しました。にこにこと笑いながら、親しげに手を振っています。そんな彼女をピョ少尉、ソ・テッキ、スファが心配そうに見ていました。

韓国人兵士はつかつかとヨイルに近づくなり、乱暴に彼女の胸倉を摑《つか》みました。彼は、この非常事態に、怯えるどころか、まるでからかうようにこっちを見て笑っている少女に腹が立ったのでした。

すると、遊び相手がふざけているとしか理解できないヨイルは、いきなり、相手に軽く頭突きをしてみせました。それは、いつも、彼女がドングと遊んでいる動作だったからです。

韓国人兵士は一瞬きょとんとして、周囲を見まわしました。やがて、今された屈辱的な行為にあらためて怒りがこみあげてきたのか、突然、ヨイルに銃口を向けました。

「このアマ。ナメるなら、脳天に穴開けるぞ！」

テッキは助けを求めるように中隊長のほうを見ましたが、スファも不安そうに立ちすくんでいるだけでした。

「正直に言え！　アカ野郎はどこだ？」

目の前に銃口を突きつけられたヨイルでしたが、銃口を怖がるどころか興味津々の表情を浮かべています。テッキの持っていた手榴弾《しゅりゅうだん》のリングを奪った時のように、またもや銃口が〝指輪〟に見えたのでしょう。彼女はいきなり、自分の右の人さし指を銃口に突っ込んで、ぶらぶらと揺らして見せました。それが楽しくてたまらないのか、ヨイルの口元にはいたずらっぽい笑みが浮かんでいます。

怖いものしらずで、もっと意表を衝《つ》くヨイルの動作を見るなり、かんかんに怒った韓国人兵士は、血相を変えてどなりました。

「このアマ、ふざけやがって！　殺してやる！」

その瞬間。たまらずに、ソ・テッキが叫びました。

「放《ほ》っとけ！　おかしな娘っ子だ!!」

ドングからよく言われていた〝おかしな〟という言葉を、初めてテッキの口から聞いたヨイルは悲しそうな顔をしました。彼女が寂しい時や、哀しい時にきまってするしぐさ——髪の毛を指先にからめる——をみせたのです。

それまでヨイルに激怒していた韓国人兵士は、テッキの一言で、彼に矛先を変えました。重い靴音を響かせて、テッキの近くにずんずんと大股《おおまた》で歩み寄り、銃口を向けながら尋問します。

「お前、アクセントが変だな」

確かに、テッキは黄海南道《ファンヘナムド》出身なので、北朝鮮の中でも独特の訛《なま》りがあり、日頃から平壌出身のチャン・ヨンヒによくからかわれていたのでした。韓国人兵士はソ・テッキのいがぐり頭を、ぽんぽんと乱暴に叩きながら質問しました。

「ここの住民か？」

咄嗟に、これ以上喋《しゃべ》らないほうが身のためだと判断したソ・テッキはじっと黙っています。すると、韓国人兵士はソ・テッキの頭に銃口を突き立てたまま、村人たちにむかって大声で叫びました。

「こいつの両親は誰だ？」

この少年が人民軍の生き残りの兵士だとしたら、親はここにいないはず、と踏んだからです。あたりはしいんとしています。韓国軍兵士は再度叫びました。

「こいつの親はどこにいる?」

村人たちはあたりをきょろきょろと見ています。不安げな彼らを、スファが心配そうに見たとたん、チャン・ヨンヒとヨンボンの妻が同時に手を上げました。

「私です!」

たまたま隣同士に立っていたふたりはすばやく機転を利かせたのです。チャン・ヨンヒとヨンボンの妻は、テッキの頭に銃口を押しつけた韓国人兵士にむかって、さも仲睦《むつ》まじそうに頬を寄せました。

すると、目を白黒させたヨンボンがつい「お前……」と声を出しそうになりましたが、近くのアメリカ人兵士に「黙れ!」と自動小銃で脇腹を突《つ》かれて、危うく口をつぐみました。

ついに、トンマッコルの村人の中でもひときわ大柄で体格がよく、どうしても隠しきれない軍人特有の目つきをしたスファ……部下のソ・テッキを鋭い視線で見ていた彼に、韓国人兵士が気づきました。

銃を持ったアメリカ人兵士がスファを追い詰めていきます。すかさず、ドングとその母親がスファを守るように走り寄りました。

「息子の父親です！」

ドングがスファに抱きつきます。

「父ちゃん！」

「夫に何をするの⁉」

ドングの母がそう叫ぶと、言葉のわからないアメリカ人兵士は韓国人兵士を見て訊《たず》ねました。

「何て言ってるんだ？」

韓国人兵士が目をぎょろぎょろさせながら答えます。

「息子の父親だと言っています」

緊迫した状況が続くなか、見かねた村長がついに立ち上がりました。

「皆さん、なぜ、そんなに怒ってるんですか？……どうかもっと落ち着いて」

すると、かっとなった韓国人兵士が怒り出します。

「お前は何様だ？　この野郎！」

罵声《ばせい》を浴びせるのと同時に、老人の膝《ひざ》に一撃を喰《く》らわせました。村長はその場にばったりと倒れます。村長の妻が助けに行こうとしますが、別の韓国人兵士に止められてしまいました。

「引っこんでろ！」

がっくりと膝を落とした村長の髪の毛を乱暴に摑みながら、激昂《げっこう》した韓国人兵士は、村人たちをぐるっと見据えて怒鳴り散らしました。

「こいつら、俺たちを完全にナメてやがる！　アカ野郎や対空砲を見た奴は……前に出ろ。いないか？」

凶暴な男による、天地を揺るがすような声に、村人たちはみんな恐れおののいています。するとと、沈黙にもっと怒り心頭に発した韓国人兵士は、いきなり、村長の顔面を殴りました。ほどなく、がっくりうなだれた村長の頭を再び殴ります。それから、兵士は何度も何度もしつこく、まるで見せしめのように、無抵抗の村長を殴り続けました。

「これでも黙ってるのか？　俺の話をよく聞け！」

ピョ少尉は怒りでわなわなと震えています。それを隣のサンサンが視線だけで、黙ってなだめていました。

韓国人兵士の執拗《しつよう》な威嚇は続いていました。そのまま、村長の顔を何度も岩に叩きつけています。無残にも、いつもやさしい老翁の顔面から血が吹き出していました。

「名乗り出るまで……一人ずつ……一人ずつ殺す！」

ついに、我慢できなくなったピョ少尉の怒りが爆発しました。

彼は目にも止まらぬ早さで、隠し持っていた木の切れ端をふりあげ、村長を殴っていた韓国人兵士の胸を一突きに刺したのです。すると、動揺した残りの兵士たちが慌てて機関銃を乱射しはじめました。

ピョ少尉が突き刺した韓国人兵士の胸元から血が吹き出すと、村人たちが恐怖の悲鳴をあげました。侵入者たちが機関銃を連射する爆音と、逃げ惑う村人たちの叫び声が重なるなか、平和なトンマッコルの村はあっという間に修羅場と化していきました。

すばやく、スファは残りの特殊部隊員に殴りかかり、強打した瞬間相手が落とした機関銃を拾って、アメリカ人兵士ひとりを撃ち殺しました。

すかさず、ピョ少尉も刺し殺した兵士から自動小銃を取り上げ、手榴弾を投げようとしていたアメリカ人兵士を、すんでのところで射殺しました。

さらに背後から、なおも襲ってくるアメリカ人兵士の腹部を、スファは振り向きざまにみごと撃ち抜いたのです。

その瞬間——。

残虐な場面を子供が見ないよう、ドングの母親は思わずわが子を抱き寄せました。代わりに目撃してしまったドングの母は、はっとしたような顔でスファを凝視しています。自分が殺人を犯した現場を見られた、と自覚したスファは、寂しそうに機関銃を下ろしました。

最後に、韓国人兵士がひとり残っていました。彼は拳銃や機関銃をすべて失っていたので、最後の武器である短刀を手に、近くにいたサンサンを人質に取ったのです。

「下がれ！」

突然襲われて、うろたえたサンサンは金切り声をあげます。

「ひぇーっ‼」

韓国人兵士に後ろから身体を羽交い締めにされ、頸元《くびもと》に刃物を突きたてられながら、サンサンは必死に訴えました。

「僕は何も関係ありません！」

「動くな！」

サンサンに警告する韓国人兵士に、ピョ少尉が黙って自動小銃の銃口を向けています。

「動くな！　この野郎！」

韓国人兵士に脅されながら、こちらに銃の照準を合わせているピョ少尉へ、サンサンは震えながら叫びました。

「待ってくれ！」

ピョ少尉が引き金を引こうとした……その瞬間のことでした。サンサンを人質に取っていた兵士が突然、ばたりと前方に倒れたのです。

驚愕《きょうがく》してみんなが見ると、今さっきまで韓国人兵士が立っていた同じところに——大きな石を両手で持ったスミスが——放心状態で立ち尽くしていました。いつのまにか現れたスミスが、サンサンを人質に取った兵士の後頭部に、背後から石をぶつけたのでした。


ばったり倒れた韓国人兵士を最後に、侵入者はいなくなりました。その場で、ぼう然としている仲間をせかすように、チャン・ヨンヒがてきぱきと指示を出します。

「早くこいつを縛れ!」

イノシシ退治の時と同じ要領で、気を失っている韓国人兵士をスファたちが縄で縛り上げ、広場の大木に括《くく》りつけました。

その脇で、ソギョンやヨンボンが、顔を血だらけにした村長を助け起こしています。

「村長、大丈夫ですか?」

すると、村長の妻が小さく叫ぶ声が聞こえました。

「ヨイル!」

「ヨイル、ヨイル!」

村長たちが駆け寄ると、なんということでしょう——あの、いつも蝶《ちょう》のように軽やかに、飛びまわり、跳ねまわっている——ヨイルが、ぱったりと地面に倒れていました。

村長の妻はヨイルの頭を抱きかかえながら、おろおろしています。

「どうしよう? どうしたらいいの?」

「ヨイル!」

村長たちが近寄ると、ヨイルの下腹部から真っ赤な血液が流れ出ていました。兵士たちの流れ弾が当たったにちがいありません。

「ヨイル!」

「おい!」

ヨイルは意識がだんだんと遠のくなかで、自分の腹部を指して呟《つぶや》きました。

「ここが熱い……ここが熱いの」

「ヨイル!」

村長をはじめ村人たちが愕然とするなか、ヨイルは苦しそうに訴えます。

「とっても痛い……」

「ヨイル!」

まるで眠りに落ちるように。ヨイルが静かに瞼《まぶた》を閉じると、一斉に、村人たちのすすり泣く声が聞こえました。

ピョ少尉やスファたちは――自分たちがこの村に来たばかりに、国連軍が侵入してきて、何の罪もないヨイルが命を落としたと思うと――全員、胸を掻《か》き毟《むし》られるようでした。

村人たちも最初は忍び泣いていましたが、それはだんだんとむせび泣く大声となり、ヨイルの突然の死を、いちだんと強い悲しみでいろどったのでした。

「ヨイル！　ヨイル！」

村長の妻がヨイルの額に自分の顔をつけて、さめざめと泣いています。

そのようすを、テッキは目に涙を溜《た》めて見つめていました。

沈痛な面持ちでスファがテッキのほうを見ると――。

ヨイルを失った衝撃と悲しみで胸が張り裂けそうなテッキは、たまらず、広場の大木に縛られている韓国人兵士のところへ駆け寄りました。そして、意識を取り戻しつつある彼の横面を、機関銃の柄で思いっ切り張り飛ばしました。

涙で曇る目を必死に凝らしながら、捕虜となった韓国人に機関銃の銃口を向けたその時
――テッキの目に――楽しそうに雨に打たれるヨイルの姿が浮かびました。

自分の顔を拭《ふ》いてくれたヨイルの……あの無邪気な笑顔。

耳と中指に花を飾り、蝶のように両手をはためかせていた彼女。

突然、テッキは韓国人兵士を撃つことをやめました。

こんなこと、ヨイルが望んでいない。彼ははたと、そう気づいたからでした。

けれど、悲しみに耐えられず広場の端へと駆け出したテッキは、人々に背を向けたまま立ち尽くし、ひとり離れたところで慟哭《どうこく》しました。

そうして、スファやピョ少尉、村人たちがみんな見守るなか、テッキのむせび泣く声がいつまでも響いていました。

第10章

トンマッコルを守るために

その夜。

スファたちは今回の突然の襲撃について、捕虜の韓国人兵士から詳しい事情を聞くことにしました。

悲しみに沈んだ村人たちが寝静まったのを見計らって、人民軍のスファ、チャン・ヨンヒ、ソ・テッキ、韓国軍のピョ少尉とムン・サンサン、そして国連軍のスミスが、揃って捕虜を拘束した納屋を訪れました。

灯籠《とうろう》を持ったムン・サンサンを先頭にみんなで納屋に入るなり、ピョ少尉が命令しました。

「ムン・サンサン、調べろ！」

「はい！」

真剣な表情で頷《うなず》いたサンサンは、持っていた灯籠を傍らのチャン・ヨンヒへ「持っててくれ」と手渡すと、納屋の柱に縛り付けられた捕虜の胸元を探りました。

チャン・ヨンヒは捕虜に訊《たず》ねています。

「こんな山奥に何しに来たんだ？」

やがて、サンサンが捕虜の胸元のポケットから地図のようなものを見つけました。

「これを」

ピョ少尉に差し出すと、人民軍のスファたちも覗《のぞ》き込みます。

それは――国連軍が作った――ここトンマッコル付近の……江原道の山間部一帯を中心とした爆破計画図でした。

韓国人捕虜は真っ黒な顔で憎まれ口を叩きます。

「どうせみんな一緒に死ぬんだ。どうだ？　いいだろ？　ここでその空爆がぶっ放されたら、圧巻だろうよ」

スファは捕虜に真剣な表情で訊ねました。

「ここには村人しかいない。民間人の村へ何しに来た？　なぜだ？」

捕虜は押し黙っています。しびれを切らしたピョ少尉が蹴《け》りかかりました。

「さっさと答えろ！」

興奮している上官を抑えながら、サンサンがどなります。

「このまま、生き埋めにしましょう！　スミス、もう一発、さっきの石で殴ってやれ！」

すると、ピョ少尉に蹴られて転がった捕虜が、はっとしたような顔で訊ねました。

「今、スミスと言ったか？」

それまで、みんなの後ろで、事態を静観していたスミスが質問しました。

「なぜ、私の名前を？」

すると、捕虜は初めて嬉《うれ》しそうな顔をしました。

「スミス大尉？　あなたが？　本当に？」

当のスミスは不思議そうに訊ねました。

「ああ。なぜ私の名前を？」

捕虜の話を聞いてから、急いで部屋に戻ると、六人は膝《ひざ》を突き合わせて今後のことを相談しました。

なんでも……そもそも、スミスがこのトンマッコルにやってきたのは、飛行機の故障が原因で墜落したからでしたが、国連軍はスミスの偵察機が北の傘下の村に撃ち落とされたと勘違いして、トンマッコル一帯の爆撃を決心した……ということでした。

黙りこくっているみんなの口火を切って、チャン・ヨンヒが困り果てた顔で言いました。

「なんでこんなに話が複雑なんだか……」

すると、スミスが決心したように告げました。

「皆さん、見せたいものが……」

夜更け。

それから、スミスが他の五人を案内したのは、かつてドングが教えてくれた――国連軍の墜落した飛行機が残された――現場でした。そこには……自動小銃やら機関銃、手榴《しゅりゅ》弾《うだん》からロケット砲弾まで……未使用の、大量の武器が残されています。

「これだけあれば……爆撃を誘導できる？」

人民軍の中隊長スファは、なんとかトンマッコルへの国連軍の攻撃を避けたい一心で、ピョ少尉に訊ねました。ソ連からの武器供与で戦っていた北朝鮮人民軍の彼にとって、アメリカを中心とする、国連軍の最新鋭の軍備の効力は、まるで想像がつかなかったからです。

考え込みながら、ピョ少尉は深く頷きました。

「十分ではないが、力を合わせれば可能だ」

だが、ムン・サンサンはわからないという風に訊ねました。

「力を合わせるって、どういう意味？」

「村を守るためだ」

そう答えたピョ少尉に、サンサンは異を唱えました。

「僕たちは第三者だし、関わらないほうが……いっそ、僕たちが村を出ればいいんじゃないですか？」

みんなは黙っています。ピョ少尉はサンサンを今さら逆らうのか、という眼で見ました。負けじと、サンサンは続けて主張します。

「ピョ少尉は僕に命令しないでほしい。もともと同じ部隊でもないし……僕は勝手にする」

サンサンが不服従の態度を見せたところで、人民軍のチャン・ヨンヒは上官であるスファに意見を求めました。

「将校同志……？」

スファは自分の考えを淡々と述べました。

「まさに〝爆撃誘導〟だ。敵へ先に威嚇射撃して逃げる。簡単だろ？」

スファの言葉を聞きながら、機関銃を取り上げたピョ少尉が逆に問いかけました。

「ムン・サンサン、ここから逃げたら……それで気持ちが穏やかでいられるのか？　もし、そんな卑怯《ひきょう》なことをしたら、お前は一生、後悔して……悪夢にうなされるだろう」

眉《まゆ》をひそめたサンサンは、厳しい表情でピョ少尉に駆け寄りました。

「そのほうがマシです！　ピョ少尉はどうせ死にたいんだから、このさいヤケクソなんだろうけど……僕は、僕は死にたくありません！」

チャン・ヨンヒはふたたび、すがるようにスファを見ました。

「将校同志……？」

スファはその場にある武器を、村から持参してきた袋に詰めながら呟《つぶや》きました。

「俺たちは今まで……歩けない負傷者や女性同志たちを殺した」

そして、チャン・ヨンヒの顔をしみじみと見てから、ぼそっと付け加えました。

「だから……家族に顔向けできない」

「それは……上部の命令で仕方なく……」

チャン・ヨンヒがとりなすように言うと、決意を固めたスファが告げました。

「俺たちは今まで何人殺した？　今度は、その罪滅ぼしをするんだ」

上官の言葉を聞いて、チャン・ヨンヒが困ったように「ムン・サンサン……」と声をかけました。だって、今では……ふたりは大の仲良しだったから。

少し離れたところに座っていたサンサンは、迷惑顔で振り向きました。

「僕は行かない！　僕の家族……」

自分が独身で、家族がいないことに気づいたサンサンでしたが、口籠《くちご》もりながらも先を続けました。

「家族がいなくても断る！」

するとと、自動小銃を肩にかけながら、スミスが静かに言いました。

「村を助けよう」

スミスのひとことで、自然と何かがすうっとして、やがて全員が武器を取りました。ひとりだけ、気が進まないサンサンは……自動小銃をいやいや手に取りながら……困り顔でぼやきました。

「なんで、こうなるんだ？」

みんなの武装が整ったところで、ちょうど、白いものがちらちらと空から降ってきました。

雪だ！　初雪だ!!

いつのまにか、あたりに、ふわふわと小雪が舞い散っています。

ここの秋は短いんだなあ。この間までジャガイモの白い花が咲き乱れる夏だったのに。

そう思ってヘルメットをかぶったチャン・ヨンヒが、しみじみ夜空を見上げていると、スファが穏やかな表情でみんなに告げました。

「この作戦は、ピョ少尉に指揮を任せたい。俺はこんな武器を見るのも初めてだから……

この銃の……どっちが前かもわからないよ」

　自分で自分に苦笑するスファを、ピョ少尉は特別な思いでじっと見つめていました。


　翌朝。

　ゆうべ降った初雪が積もり、トンマッコルの村全体はうっすらと白く、雪化粧していました。ひょんなことからこの村にやってきて、偶然鉢合わせた六人は、ふたたび、以前のように所属する軍隊の軍服を着て、村人たちみんなに別れを告げました。

　すると、村長の老母は寂しさを隠すように、わざと不機嫌そうにぶつぶつ言いました。

「罰当たりな奴らだよ。どうせ帰るなら、初めから来なきゃよかったのに……まったく……トウモロコシは台無しにしてしまうし……」

　六人の男たちが立ったままうなだれていると、老婆はよたよたと杖《つえ》をつきながら遠ざかっていきます。

　スファがドングの母へ視線を投げると、彼女は悲しそうに目を伏せました。

　ピョ少尉が申し訳なさそうに村長夫妻のほうを見ると、ふたりとも傷ついた顔でうつむきました。

　テッキの手には、ヨイルが大事にしていた指輪……あのときの、手榴弾のリングが握られています。

スミスは、暖かそうな毛皮のチョッキ《トルヘザ》を着て、ウサギの毛で作った耳あてをしているドングの前でしゃがみました。そして愛用の、わら製のアメリカン・フットボールの惰円形のボールを手渡しました。

ドングは黙ったまま、寂しそうに両手でボールを受け取りました。

スファたちが会釈して出て行こうとすると、クァンジェが声をかけます。

「待って……」

六人が立ち止まると、彼はイノシシの毛皮の束を差し出しました。

「これから、寒くなるから……」

村人たちのやさしい気遣いは、彼らがここへ来たときと、ちっとも変わっていませんでした。昨晩、ヨイルがいわば彼らのせいで死んだというのに、恨み言を口にする者などひとりもいなかったのです。

黙って受け取ると、ふたたび歩き出したピョ少尉たちの背に、ソギョンの寂しげな声が届きました。

「また戻ってくる?」

彼らはその言葉に、一瞬ぎくっとして立ち止まります。でも、すぐにそのまま行こうとすると、ドングが飛び出してきました。

「スミスおじさんっ！」

長身のスミスの膝にしがみついてきたドング——思わず振り返ってしゃがんだスミスは、その小さな身体を強く抱きしめました。これが最後だ、と覚悟しながら。

こうして、彼らは……名残惜しそうに……その奇跡のような村……トンマッコルから出て行ったのでした。

❀

六人の兵士たち——元は人民軍、韓国軍、国連軍と所属はバラバラで、時には敵同士のこともありましたが、今では心をひとつにする、結束の固い一部隊になっていました。彼らは、急いでトンマッコルから離れようと、なるべくたくさんの武器を持って、雪深い山道を走って移動していました。
トンマッコルから遠く離れた山頂に到着すると、いよいよ誘導爆撃の準備に入ります。一緒に連れてきた韓国人兵士の捕虜によると、国連軍の攻撃は近いということです。時間がありません。とにかく、急がなければなりませんでした。

身体に補給用の弾丸を巻きつけ、首や肩には防寒のためにクァンジェからもらったイノシシの毛皮を羽織ります。狙撃銃や手榴弾《しゅりゅうだん》、ロケット砲などが入った箱を運んで、所定の位置にセットします。

兵器の設営準備に追われて忙しいなか、突然に。

ピョ少尉は、一緒に連れてきた韓国人兵士の捕虜へ提案しました。

「頼みがある。スミスと一緒に、国連軍の部隊に戻れ」

捕虜の韓国人兵士は英語が堪能だったので、すぐさまスミスへ通訳をしました。

「スミス大尉、私と一緒に本部に帰るようにと……」

それまで不思議と、通訳なしで五人の兵士やドングとコミュニケーションが成立していたスミスは、激しく首を振りました。

「何だって? 本部に?……イヤだ。断る。一緒に行くよ」

ピョ少尉は冷静に続けました。

「第二次攻撃が始まったら、我々はおしまいだ。トンマッコルの運命はあなたにかかっています」

ピョ少尉が言うとおり。実際に、ここにいる数人で、巨大な国連軍を相手に戦えるわけはありませんでした。朝鮮戦争と関係のない、無抵抗なトンマッコルを攻撃しないよう、誰かに伝令を頼む必要があります。

「第二次攻撃が始まったらおしまいです。トンマッコルの運命はあなた次第です」

捕虜の兵士が通訳すると、トンマッコルの村を守るため、国連軍に伝える重責を感じたスミスがため息をつきました。

スファをはじめ、チャン・ヨンヒ、ソ・テッキ、ムン・サンサンのみんなが頼むという顔で、スミスをじっと見つめます。

彼は青い瞳を見開いてから、寂しげな顔でしんみりと言いました。

「選択の余地がないな……」

そして、スミスはおもむろに自分の腕時計を外すと、ピョ少尉に差し出しました。

「これを持っていってくれ。……幸運のお守りだ」

捕虜のあとに続いて、ピョ少尉たちから離れていくスミスは、後ろ髪を引かれる思いで山頂からとぼとぼと降りていきます。

自分たちから離れていくスミスへ、兵士たちはまるでトンマッコルの村人たちのように、やさしく声をかけました。

「気をつけて」

残り五人になった彼らは、太陽光の届くうちに、と早速捕虜から預かった国連軍の攻撃予定図を広げました。

ピョ少尉が神妙な表情で解説します。

「十八時頃、奴らの爆撃機が上空を通る。奴らに発見されるように、対空砲を使ってこの場所を目立たせる。奴らの飛行経路は、向こうから、こちらの方角になるはず。塹壕《ざんごう》は十一時の方角に設置する。奴らの作戦に従い、MG50とMG30はこっちに配置してほしい」

ピョ少尉の作戦に従い、五人は必死に走って、塹壕掘りをはじめとする攻撃基地を作り始めました。ピョ少尉がチャン・ヨンヒに指示します。

「チャン下士官、村人たちから預かったお面の明かりは偽装作戦に使う。ここがトンマッコルの村だと思わせるんだ。おそらく、奴らからは対空砲に見えるだろう。もし、奴らに発見されなかった場合に備えて……TNT爆薬も埋める」

チャン・ヨンヒが担いできた籠《かご》には、トンマッコルの村人たちから「お守りになるから」と手渡された石像のお面が幾つも入っていました。

やがて、日没の時間が訪れました。しぶしぶ攻撃位置の塹壕前に伏せたムン・サンサンは、この期に及んでまだぶつぶつ言っています。

「こんなことして、目立ちますか？　今すぐ戻りましょう」

「お前は黙ってろ」

兄貴分のチャン・ヨンヒに叱られて、サンサンは仕方なく従いました。

「チクショウ」


山頂で、沈んでいく美しい橙色《だいだいいろ》の太陽を眺めながら、人民軍の中隊長スファと、韓国軍少尉のピョ・ヒョンチョルが並んで立っていました。

スファがあらためて、ピョ少尉を褒めたたえます。

「立派な指揮ぶりだ」

ピョ少尉は謙遜《けんそん》して、逆に質問しました。

「みんなの協力のおかげだ。だが……なぜ俺に指揮を頼んだ？」

スファはしみじみと言いました。

「俺は先頭に立つ器《うつわ》じゃない。中隊長の俺は、部下の兵士たちのほとんどを失ったのに……おめおめと自分だけ生き残って逃げてきた。それに比べ、お前は立派な指揮官だ」

スファと同じ気持ちのピョ少尉は、言葉少なに答えました。

「そう見える？……なら、よかった」

太陽が沈むと、あたりは真っ暗になりました。

雪が積もった山肌の、白い表面だけがやや発光しているように見えます。

ムン・サンサンは底冷えのする寒さにブルブル震えながら、今にも泣き出しそうな顔をしていました。

「たった五人で応戦できるわけがないよお！」

「この期に及んで……うるさい奴だ」

チャン・ヨンヒがあきれたように言うと、ソ・テッキとムン・サンサンの頭上を、爆撃機らしき飛行機が、爆音を轟《とどろ》かせて横切っていくのが見えました。

すると、スファとピョ少尉が慌てて走り寄ってきました。

「位置につけ！」

「時間がない！」

「話が違うよ」

まだしつこくぶつぶつ言っているサンサンをよそに、全員各自の塹壕に位置し、機関銃をセットした場所で銃撃態勢をとりました。

「早く動け！」

それぞれが機関銃を撃つ定位置につくと、ピョ少尉が指示しました。

「爆撃機が射程距離に入るまで、絶対に動揺するな！」

すると、ひとりで自分の塹壕にいたサンサンが、チャン・ヨンヒにむかって情けない声を出します。

「兄貴、こっちへ来てよ」

「こいつ……臆病《おくびょう》なヤツだな」

仕方なくチャン・ヨンヒがサンサンのいる塹壕の隣に行くと、もともと衛生兵で、戦闘の実戦経験がほとんどないサンサンが甘えた声を出しました。

「ここにいて」

国連軍の爆撃機がだんだん近づいてくる音を聞きながら、ヨンヒがサンサンに頼みました。

「おい、サンサン。昨日の収穫祭で披露してくれた唱歌、もう一度歌ってくれよ」

「こんな時に……歌なんか、呑気《のんき》に歌えるかよ」

泣きべそをかいたサンサンですが、ヨンヒは落ち着いたようすでもう一度頼みました。

「頼むから、聞かせてくれよ」

するとと、渋々、サンサンは情けない顔つきで歌い出しました。

♪楽しいリズムに　甘いメロディー

　ブギウギは　希望の歌だ

　悲しい涙は　もうおしまい♪

サンサンのか細い歌声を聴きながら、スファ、ピョ少尉、ヨンヒ、テッキ……みんなは息を殺してただ、敵の襲来を待っていました。

国連軍の爆撃機は着実に、ピョ少尉たちが待つ場所に近づきつつありました。

「報告せよ」

金浦空港の空軍指令本部へ、パイロットが報告しています。

「了解。敵の動きはない模様。どうぞ」

いっぽう、何も知らずに無線で交信している爆撃機を、まさに狙っているソ・テッキはみんなを励ますように大声で叫びました。

「ところで、僕たちも国連軍みたいな北と南の連合軍なんですか？　だったら、〝南北連合軍〟じゃありませんか？　そうですよね？」

「お前、こんな時によく冗談言えるな」

サンサンが半泣きで言うと、スファも笑いました。

「その通りだ」

ピョ少尉も微笑みを浮かべながら、万感の思いで訊《たず》ねました。

「俺たち……ここじゃなくて……もっと別の場所で出会ってたら……楽しかっただろうな。そうだろ？」

そうだ、と答える代わりに。スファがあたたかい眼でピョ少尉を見つめていました。

いよいよ爆撃機が機関銃の射程圏内に近づくと、ピョ少尉が大声で叫びました。

「今だ！」

いよいよ、五人だけの一斉攻撃が始まりました。しかし、高い高度を飛んでいる国連軍の爆撃機はなんの影響も受けず、彼らに気づきさえしません。

すぐにでもやめたいサンサンは、

「これでいいだろう」

と言うと、チャン・ヨンヒも頷《うなず》きました。

「ああ、もう十分だ」

「逃げよう」

臆病なサンサンがすぐさま攻撃をやめて、ここから逃げ出さんとするそばから――反対に、思惑が外れたピョ少尉は決死の表情で叫びました。

「あいつら、通り過ぎた！」

爆撃機数機はそのまま、何事もなかったかのように上空を通り過ぎていきます。これじゃ、トンマッコルを守れない！　焦ったピョ少尉は、機敏にロケット砲を肩へ担ぐと、すばやく照準を合わせるなり、爆撃機を狙って対空砲火をぶっ放しました。

ピョ少尉の狙い通り。その砲弾は、国連軍の爆撃機の一機のそばギリギリをかすめました。攻撃されたことに初めて気づいたパイロットは直《ただ》ちに、無線機で司令部に連絡しました。

「本部、こちら05。現在地にて敵の動きを捕捉《ほそく》した。下降して確認する」

上空から急降下してきた爆撃機は、彼らが仕掛けた罠――トンマッコルの村のお面が燃えている――に気づいて、ここが目的の集落地だと勘違いしたようです。ピョ少尉たちを見つけて一斉に攻撃してきました。

「引っかかった！」

爆弾機から爆弾が容赦なく落とされます。臆病神に取り憑《つ》かれたサンサンの周りにも銃弾の雨が降り、テッキはサンサンを救うために、自ら銃撃で応戦しました。

すると、飛行機のコクピットからは、今度はテッキを狙う砲弾が撃ち込まれます。標的とされたテッキが、おとりのように走り出すと、戦闘機は彼の姿を追って近づいてきました。

「逃げろ！　テッキ！」

テッキが危ない！　絶体絶命か？　とスファが思ったそのときです。ピョ少尉が狙いを定めて、ロケット砲を飛ばし、テッキを狙っていた戦闘機を見事打ち落としました。

すぐに、もう一機。戦闘機が近づいてきています。チャン・ヨンヒは機関銃を何機も並べて、仕込んでいた一斉連射をします。ピョ少尉とスファ、テッキが狙撃銃を片手に迎撃しました。

人間対戦闘機。バカみたいですが、なんだかうまくいきそうでした。

地面にいたチャン・ヨンヒが、サンサンも攻撃に参加するよう、やさしく声をかけます。

「ムン・サンサン！」

すると、怖がりのサンサンもとうとう這《は》い出てきて、夢中で機関銃を撃ち続けました。

五人の兵士による必死の銃撃で……とうとう、その戦闘機一機は敗北し、墜落して爆発、炎上しました。

「やったあ！」

「やったぜ!!」

サンサンとテッキが歓喜の声を上げました。

だが、見事やっつけた、と思ったのもつかのま――。

闇夜の奥から、不気味なエンジン音とともに、何十機もの戦闘機が飛んでくるのが見える――と思うと、瞬く間にその集団は彼らを襲ってきました。

ソウルにある国連軍の指令本部を目指し、歩いて戻る途中で。離れた山のふもとから、その容赦ない攻撃を目にしたスミスは、捕虜の韓国人兵士に慌てて言いました。

「急ごう！」

トンマッコルのお面が燃えているところを、どこかの集落だと勘違いした爆撃機は集中攻撃してきます。低空飛行で近づいてくる戦闘機は何機も、何十機もありました。

山肌すれすれに飛んでくる戦闘機が、次々と五人の兵士たちを容赦なく襲うのです。

ピョ少尉が叫びました。

「危ない！」

スファは撃ち続けていますが、サンサンは頭をかかえています。

「頼むから、やめてくれ！」

テッキは自分の塹壕《ざんごう》から機関銃を撃とうとしましたが、爆撃機に狙われて、あやうくその壕から飛び出ました。スファとピョ少尉にも、容赦なく爆撃が加えられ、ふたりはそれぞれの塹壕から吹っ飛ぶくらいの弾を受けています。

うずくまっているふたりの将校をよそに、五人の作った基地には引き続き激しい攻撃が加えられていました。

チャン・ヨンヒは地中に仕込んだＴＮＴ爆弾を爆発させようとして、はっとしました。

いつのまにか導火線が切れているのです。

チャン・ヨンヒは危険を承知でそれを接続しに行きますが、爆撃機がヨンヒを狙い撃ちにします。

サンサンが心配して兄貴のほうを見たとたん、ヨンヒが爆撃を受けて宙をふっ飛んでしまいました。

動揺したサンサンが駆けつけます。

「兄貴！　しっかりしろ！　兄貴！」

サンサンがヨンヒを抱きかかえると、ヨンヒの身体はもはや血まみれでした。すでに、瀕死《ひんし》の状態だというのに、ヨンヒはいつもの、あの人懐っこい笑顔を浮かべて、サンサンを安心させるように言いました。

「こいつ、俺は大丈夫だよ……」

しかし、そのまま。ヨンヒはがくりとして、そのまま息絶えてしまいました。今まで激しい戦闘をずぶとく生き抜いてきたヨンヒを思えば、なんともあっけない最期でした。

「兄貴!!」

ヨンヒの頭を静かに置いたサンサンは、絶望していました。そのまま、しゃくりあげながら自分の塹壕に戻り、機関銃の前に伏せました。

それまで「怖い、逃げたい！　逃げたい！」を連発していた彼でしたが——突然——覚悟を決めて——機関銃を何かに取り憑かれたように撃ち出しました。

「クソッタレども!!」

地面に投げ出されたスファは、雪の上に倒れたままの姿勢で必死にサンサンへ叫びました。

「危ない！　逃げろ！」

　このままでは危険すぎる！　サンサンが狙い撃ちにされる！

「逃げるんだ！」

　しかし、スファの警告もむなしく、サンサンは爆撃機にむけて夢中で機関銃を撃ち続けています。

「早く逃げろ！」

　しかし、サンサンは背後から爆撃機によって集中攻撃を受け……そのまま、息絶えてしまいました。彼のヘルメットがみるみるうちに血に染まります。

　前のめりにがっくり倒れたサンサン――無情にも彼の体重がかかった機関銃だけが――そのまま連射し続けていました。

　機関銃の音が鳴り止むと、額から血をしたたらせたサンサンの瞳《ひとみ》から、ぽろりと一筋の涙が流れました。それは、大好きな兄貴――ヨンヒを目前で失った、悲しみの涙でした。

　ピョ少尉とスファ、ソ・テッキは、ヨンヒとサンサンの死体を目の前にして、しばらくぼう然としていました。

度を失ったスファは食い入るような眼でふたりの亡きがらを見つめています。思わず視線をそむけたピョ少尉は悲しみのあまり、涙で目が曇ってよく見えません。

そのうち、テッキがむせび泣きを始めました。

敵の国連軍の爆撃機は、次の攻撃準備に入っていました。

「こちらイーグル。聞こえるか？　一分後に爆撃せよ」

「現在、目的地にいる。本部の指示通り、作戦を遂行する。爆撃一分前」

泣き沈む三人の耳に、さらなる爆撃機の轟音《ごうおん》が響いてきました。

ピョ少尉が夜空を見上げると、まるで満天の星のように夥《おびただ》しい数の爆撃機が、きれいに隊列を組んで飛行していました。

三人は、こちらに接近してくる戦闘機の機体を凝視していました。

そして、彼らのちょうど上空で、爆撃機から巨大なミサイルが落とされるのが見えました。

たくさんのミサイルが——彼ら三人のまわりを——まるで祝福するように落ちてきて——それは華やかな火花を散らしながら、次々と爆発しました。発光するオレンジ色の炎は、彼らが立つ白い雪の地面をどんどん覆っていきました。

爆発する炎に包まれながら、ピョ少尉とスファ、テッキは無言のまま、お互いの目を見て小さく頷《うなず》き、満足そうに微笑みました。

彼ら三人の顔は火薬や煤《すす》にまみれて真っ黒でしたが、揃って白い歯を見せていました。トンマッコルを救えたという思いから、それぞれの顔には満足そうな笑みが零《こぼ》れていたからです。

それから、ひときわ大きなミサイルが数発着弾してもっともっと大きな爆発が起こると、三人の笑顔は炎のむこうに紛れて、やがて見えなくなりました。

同じ頃。

トンマッコルでは、村人たちが、遠い山のむこうに見える爆発を、華やかな花火だと勘違いして大喜びしていました。

また、その大爆発はソウルの空軍司令部を目指して下山していたスミスの目にも届いていました。間に合わなかった、とむなしく呟いたスミスは、その場で泣き崩れました。

けれど、彼にはスファたちの死を無駄にしないための、最後の使命が残っていました。これ以上トンマッコルの村付近を攻撃しないよう、本部に伝えるために。深い悲しみに包まれたまま、スミスはふたたび、ソウルを目指して歩き始めたのでした。

エピローグ

こうして、大好きなトンマッコルの村を守るために、兵士たちはたった五人で一生懸命闘いました。

彼らが国連軍の激しい爆撃を受けたあと。その同じ場所には、戦闘機が去った深夜から明け方にかけて、たくさんの雪が降りました。

翌朝はよく晴れて、たっぷりと積もった真っ白な雪がキラキラと美しく輝いていました。見渡す限り純白の景色の中に、ところどころ暗緑色のなにか——小銃の先っぽや赤十字のマークが描かれた衛生兵のヘルメットなど——が新雪に埋もれているのが見えました。

さらに、トンマッコルの、あの神様のお面も雪の中から顔を覗かせていました。

しばらくすると、爽《さわ》やかな朝の光を受けながら、トンマッコルの神様の頭上から、五匹の白い蝶《ちょう》がふわふわと舞い上がっていくではありませんか。

蝶たちはとても楽しそうに、雪の上を大きく円を描くようにたわむれながら、ゆっくりと飛び上がっていきました。

やがて、透き通るような、雪白の羽を瞬かせた五匹の蝶たちはともに、トンマッコルの村がある山のほうへ向かって飛んでいきました。

蝶になった五人の男たちはその後——ふわふわと飛びながら時空を超越し、かつて自分たちがトンマッコルの村で眠りながら見ていた夢の世界へ——まるでちょっと遊びにいくように——戻っていきましたとさ。

✿

それから、トンマッコルの村では代々、こんな伝説が伝えられるようになりました。

✿

昔々、トンマッコルに六人の男のお客さんがやってきました。お客さんたちは畑を手伝ってくれたり、一緒に楽しく遊んだりしましたが、ある日突然、村から出て行ってしまいました。けれど、すぐに、六人のお客さんのうち五人のお客さんが、白い蝶に姿を変え、飛んで村に戻ってきてくれました。蝶になったお客さんたちはその後、トンマッコルの村を守る石像になったということです。

そのことは、六人のお客さんのうちの最後のひとり（鼻の高いお客さん）が、一度村に戻ってきて、村人たちに教えてくれました。

なんでも、世界に二度と戦争が起きないようにに願って。まずは、トンマッコルみたいに素敵なところが戦争にまきこまれないよう、五人のお客さんたちは一生懸命村を守ってくれたんだとか。

そして、今でも、五人のお客さんは村へ続く山道に座る石像の神様となって、にこにこと、トンマッコルに来る人たちをやさしく迎えてくれるんだそうです。

トンマッコルへようこそ――と。

あとがき

たまたま、この本を書いている途中でヨーロッパへ行くことになりました。ミラノのマルペンサ空港から帰りの飛行機に搭乗すると、機長から「数日前に北朝鮮のミサイル〝テポドン〟が発射されたため、当機は日本海上空を避け、稚内を飛ぶルートで成田まで飛行致します」というアナウンスが流れたのです。ちょうど、『トンマッコルへようこそ』の舞台設定が一九五〇年代の朝鮮戦争時代だったため、参考資料として朝鮮戦争関連の本を読んでいた私は、当時とあまり変わっていない気がして、複雑な思いで機内誌の世界地図を眺めました。

朝鮮半島は、地球上に残る唯一の分断国家です。韓国と北朝鮮は休戦中であるものの、今でも戦争状態が続いており、両国の男性にはそれぞれ、厳しい兵役義務が課せられている現実があります。

韓国映画における〝戦争〟

だからと言っては皮肉かもしれませんが、そのような現状を踏まえ、韓国映画において、戦争映画のジャンルはこれまで多くの作品を輩出してきました。その中でも大ヒットした『JSA』（二〇〇〇年）をはじめ、南北分断や北朝鮮との緊張関係をテーマにした『シルミド』（二〇〇三年）や『ブラザーフッド』（二〇〇四年）など、優れた戦争映画が高い評価を得ています。これはフィクションとしての映画に、作り手側がたえず向き合わなければならない朝鮮半島分断に伴う軍備の現実が作用し、かぎりなく事実に近いところまで描き切る力を与えているのかもしれません。

このように、韓国映画の戦争映画ジャンルは、南北分断の現実に基づく独特の世界観が盛り込まれ、良質の作品を世界にむけて発信し続けてきたわけですが、昨年二〇〇五年、この『トンマッコルへようこそ』という作品の登場によって、今までの戦争映画ジャンルに新しい想像力が加わったといえるでしょう。

本当に〝戦争を知らない〟ということ

そもそも、同じ民族が二分し戦うことになった朝鮮戦争を別の視点から描いたことに、映画『トンマッコルへようこそ』の斬新さがあります。もともと、映画化される前には、韓国の三谷幸喜と称される人気劇作家チャン・ジン演出による舞台劇だった本作は、いかにも演劇的な手法を採用しています。すなわち、朝鮮戦争の敵同士――北朝鮮の人民軍vs韓国軍&国連軍――をいきなり戦争という現実から隔離させ、兵士たちを本当に〝戦争を知らない〟村へと放り込んでしまうからです。

日本でも戦後六十一年を迎え、戦争を知らない世代が増えたと言われていますが、子供の頃からテレビのある家庭で育った私たちは実際に戦争を知らなくても、メディアの報道からベトナム戦争や湾岸戦争、イラク戦争、最近のレバノン情勢まで……ニュース映像を見ることでは戦争を知っています。

けれど、『トンマッコルへようこそ』が新鮮なのは、本当に〝戦争を知らない〟村人たちを創出したこと。彼らは銃などの兵器を見たことがなく、手榴弾を大好物のジャガイモだと勘違いしたり、いきなり「手を上げろ！」と小銃を突きつける兵士たちに「初対面の人に長い棒を押しつけるなんて」とびっくりしたりするのです。

さらに、村人たちは兵士たちに「なぜそんなに怒ってるの？」と不思議そうに訊ねます。純粋で無垢《むく》な彼らには、そもそも人間同士が争ったり、戦ったりするという概念がなく、他人に怒りをおぼえるということもありません。他人を思いやり、やさしく接することが特別なことではなく、ごくごく自然なこととして振舞う村人たちに接するうち、戦争で憎悪を深め、戦場で人間同士が殺しあう残酷な現実に疲れ果てた兵士たちはどう変わるのか。チャン・ジン脚本を映画化したパク・クァンヒョン監督はこの作品を通じ、互いに殺しあってまで争うという人間の行為＝「戦争」に、新たな視点から光を当てています。

ファンタジーへの挑戦

実際、チャン・ジン脚本・演出の舞台『トンマッコルへようこそ』は三時間にもわたるセリフ劇で、映画化を任されたパク・クァンヒョン監督は「戦争が起こったことも知らない村が存在するだけでも信じられないことだし、さらにその村で韓国軍、人民軍、国連軍の兵士が出会う可能性はゼロに近い。それをいかに無理なく観客に受け入れてもらうかが、一番の問題だった」と悩み、その解決策として映画ならではのファンタジー手法を取り入れることにしました。キャストには『シルミド／SILMIDO』のチョン・ジェヨン、『JSA』のシン・ハギュン、『オールド・ボーイ』のカン・ヘジョンなど、これまで韓国の優れた戦争映画やアクション映画に出演を果たしてきた本格派実力俳優たちの名前がずらりと並びました。監督はトンマッコルを「そこに足を踏み入れれば誰でも、村人たちのように純粋になれる非現実的な空間」を描こうと決意しましたが、実は、韓国では〝ファンタジー映画はヒットしない〟というジンクスが存在していました。しかし、「これまでの韓国映画とまったく違うものを作る」という当初のヴィジョンを貫く決心をした監督は、セットや小道具、音楽などを通じてファンタジー性を高めると同時に、登場人物の話す方言や村人の生活習慣などはリアルに演出することを心がけ、観客がすんなり入り込める童話的世界を作り上げました。興行成績も二〇〇五年の韓国映画ナンバーワンヒットを記録し、最終的には公開八十九日目で、八百万二千人の動員を記録したのです。これは韓国の全国民の六人に一人がこの映画を観た計算になり、歴代の韓国映画の動員記録で第五位にランク・インしました。この功績により、『トンマッコルへようこそ』は、〝ファンタジー映画はヒットしない〟というジンクスを打ち破る韓国初の映画となりました。

江原道《カンウオンド》の山奥へ

朝鮮戦争が起こったことを知らない村＝トンマッコルが、この映画の大切な舞台です。スタッフは何週間もかけて大白山脈に沿った江原道一帯をくまなくロケハンし、ようやく探し当てたのは江原道平昌《ピョンチャング》郡美難面栗峠里というところでした。その場所には数年前まで四世帯が住んでいたそうですが、廃鉱にともなって廃村となっていたのだとか。私自身も、昨年の夏に初めて江原道の山間部へ行ったのですが、現地はまさしく、この映画に出てくるような山深い地域で、実際に、世間から隔絶された村があっても不思議ではない印象でした。ロケ地が決定すると、野山を切り開いて道路を作り、資材を搬入して巨大なセットを建設しました。こうして、神秘的な村トンマッコルが完成するまでには約百日間かかり、セットの制作には韓国映画として異例の約二億円が費やされたのだそうです。五千坪の敷地に十軒と二十部屋の民家、井戸、小川などが作られ、村の広場の中心には樹齢五百年の大木が植えられるなどひとつの村が完璧《かんぺき》に再現されました。さらに、村を取り囲む豊かな自然を演出するため、樹木の購入に約三千五百万円もかかったのだそう。熱心なスタッフが目指したのは、単に映画のセットを作るという次元を越え、トンマッコルという理想郷をこの世に創造することだったといいます。

守り神の笑顔

セットと同様、この映画で印象的なのがトンマッコルの守り神です。村の入り口の山道に置かれ、村への訪問者をにこにこと迎えるこの石像は、済州島《チェジュド》の守護神トルハルバンをイメージして作られたもの。トルハルバンとは「石のおじいさん」という意味で、火山の噴火によってできた済州島にはさまざまな溶岩があり、独自の石の文化が築かれ、石の面もそのひとつ。そもそも済州島には「石が多くて風が強く、女が多い」という意味の「三多」という言葉と、物乞《ものご》いと泥棒がいないため門がない意の「三無」という言葉があり、不思議な石像トルハルバンは、いわば島のシンボルであるそうです。特殊な溶岩で造られたトルハルバンの石像は、山高帽をかぶり、大きな目と平べったい鼻、長い耳というユーモラスな風貌《ふうぼう》で、島のあちこちで見ることができるのだとか。昔から、済州島の守り神として、魔の守護神として、または子宝の神として愛されてきたトルハルバン。これに似た石像をわざわざはるか北の江原道にあるトンマッコルの村に置いた監督のアイディアは、神秘の島とされる済州島の「三無」の平和のイメージから想起されたものかもしれません。

癒《い》やされたいあなたへ～最後のユートピアへようこそ～

戦争に疲れ切った兵士たちが、村人に「なにか食べますか？」と訊かれてはっとする場面があります。韓国でも、もちろん日本の私たちの間でも「ごはん食べた？」と周囲に自分のことを心配してくれたり、親身になってくれる人がいるのは本当に嬉《うれ》しいもの。ひとにやさしい、ということ。無垢である、ということ。他人と争わない、ということ。

『トンマッコルへようこそ』とはまさしく、私たちがいつのまにか失ってしまった何かを、夢のようにふんわり思い出させてくれる作品です。

最近、辛いことが続いて身も心も疲れ切っている皆さんへ。「もっと、やさしい人たちのいるところへ行きたいな」と癒やされたいあなたへ、最後のユートピアへようこそ。

俳優たちの素晴らしい演技と、音楽を担当した久石譲氏による美しい旋律とともに。

映画でも本書でも、空中を優雅に飛びまわる蝶《ちょう》の羽のように想像力を広げ、この温かなユートピアの世界を楽しんでいただけたら幸いです。

二〇〇六年八月

和佐田道子

トンマッコルへようこそ

チャン・ジン＝原案・脚本
パク・クァンヒョン＝脚本
和《わ》佐《さ》田《だ》道《みち》子《こ》＝編訳

角川文庫 14402

平成十八年九月二十五日　初版発行

発行者——井上伸一郎
発行所——株式会社角川書店
東京都千代田区富士見二—十三—三
電話　編集（〇三）三二三八—八五五五
　　　営業（〇三）三二三八—八五二一
〒一〇二—八一七七
振替〇〇一三〇—九—一九五二〇八
印刷所——旭印刷　製本所——BBC
装幀者——杉浦康平

落丁・乱丁本はご面倒でも小社受注センター読者係にお送りください。送料は小社負担でお取り替えいたします。
定価はカバーに明記してあります。

Printed in Japan

ン 60-1　ISBN4-04-295602-5　C0197

角川文庫発刊に際して

角川源義

第二次世界大戦の敗北は、軍事力の敗北であった以上に、私たちの若い文化力の敗退であった。私たちの文化が戦争に対して如何に無力であり、単なるあだ花に過ぎなかったかを、私たちは身を以て体験し痛感した。西洋近代文化の摂取にとって、明治以後八十年の歳月は決して短かすぎたとは言えない。にもかかわらず、近代文化の伝統を確立し、自由な批判と柔軟な良識に富む文化層として自らを形成することに私たちは失敗して来た。そしてこれは、各層への文化の普及滲透を任務とする出版人の責任でもあった。

一九四五年以来、私たちは再び振出しに戻り、第一歩から踏み出すことを余儀なくされた。これは大きな不幸ではあるが、反面、これまでの混沌・未熟・歪曲の中にあった我が国の文化に秩序と確たる基礎を齎らすためには絶好の機会でもある。角川書店は、このような祖国の文化的危機にあたり、微力をも顧みず再建の礎石たるべき抱負と決意とをもって出発したが、ここに創立以来の念願を果すべく角川文庫を発刊する。これまで刊行されたあらゆる全集叢書文庫類の長所と短所とを検討し、古今東西の不朽の典籍を、良心的編集のもとに、廉価に、そして書架にふさわしい美本として、多くのひとびとに提供しようとする。しかし私たちは徒らに百科全書的な知識のジレッタントを作ることを目的とせず、あくまで祖国の文化に秩序と再建への道を示し、この文庫を角川書店の栄ある事業として、今後永久に継続発展せしめ、学芸と教養との殿堂として大成せんことを期したい。多くの読書子の愛情ある忠言と支持とによって、この希望と抱負とを完遂せしめられんことを願う。

一九四九年五月三日

角川書店の韓国映画・ドラマ作品

『宮廷女官チャングムの誓い』の脚本家自らが書き下ろしたオリジナル版！

大長今《テジャングム》 上

※『大長今』は全三巻です。

朝鮮王朝十一代・中宗の世。少女チャングムは、亡き母の遺志を継いで宮廷の女官見習いとなる。天性の味覚と好奇心で頭角を現すが、最高尚宮の座をめぐり陰謀渦巻く宮中では、それがかえって命取りに……。脚本家自らが書き下ろした歴史大河小説の第一巻。

著者：キム・ヨンヒョン　訳：根本理恵

角川文庫　ISBN 4-04-294102-8

狂おしい心。禁断の兄妹愛──ファン待望の、『天国シリーズ』完結編！

天国の樹

雪が降る白い冬、再婚相手の子供同士としてハナとユンソは出会った。孤独な兄を励まそうと、ハナは韓国語を学んで告げた。「兄さん、愛しています」──それが、命を賭けた悲恋の運命へと二人を導くとも知らずに……。未放映シーンも含む完全版。

脚本：ムン・ヒジョン　キム・ナムヒ　編訳：和佐田道子

角川書店　ISBN 4-04-791524-6

角川書店の韓国映画・ドラマ作品

せつなくて、純粋で、愛おしい——ピュアなラブ・ストーリー。

アメノナカノ青空

病弱な高校生ミナが母と暮らすマンションに、カメラマンを夢見るヨンジェが越してきた。戸惑いながらも優しくて面白いヨンジェに惹かれるミナ。けれど二人に残された時間は僅かだった……。せつなさと温かさに包まれる、感動の初恋物語。

脚本：イ・オニ　編訳：竹内さなみ

角川文庫　ISBN 4-04-295601-7

自己チューなB型男との恋の行方は？

B型の彼氏

A型の女子大生ハミに、ついに運命の色男ヨンビンとの出会いが！　でも彼は「B型」の男。自己チューでわがままなヨンビンに振り回され、ハミは別れを決意するが——。韓流ロマンス決定版！

脚本：ソ・ドンウォン　イ・ユンジン　チェ・ソグォン　編訳：和佐田道子

角川文庫　ISBN 4-04-295701-3

角川文庫海外作品

スパイダーマン
ピーター・デイヴィッド＝著
デビッド・コープ＝脚本
S・リー&S・ディッコ＝原案
富永和子＝訳

ピーター青年は、遺伝子操作された蜘蛛に噛まれスパイダーマンとしての能力を獲得する。彼は殺人鬼グリーン・ゴブリンとの対決を決意する。

彼が彼女になったわけ
デイヴィッド・トーマス
法村里絵＝訳

二十五歳の平凡な男が患者取り違えで性転換手術をされた！　次々降りかかる事件を乗り越え、彼はプライドと愛を取り戻すことができるのか？

ポネット
ジャック・ドワイヨン
青林霞＝編
寺尾次郎＝訳

天国のママにもう一度会いたい――交通事故で母を失った四歳の少女ポネット。その無垢な魂が起こす奇跡とは？　静謐な思索に満ちた珠玉の物語。

リプリー
パトリシア・ハイスミス
青田勝＝訳

金持ちの放蕩息子ディッキーを羨望するトムは、あるとき自分と彼の酷似点に気づき、完全犯罪を計画する。サスペンスの巨匠ハイスミスの代表作。

ペイ・フォワード
キャサリン・R・ハイド
法村里絵＝訳

12歳の少年が思い着いた単純なアイデアが、本当に世界を変えてしまう奇跡――世界中の人々が涙にむせた、感動の映画原作。

ショコラ
ジョアン・ハリス
那波かおり＝訳

南仏の古い田舎にやってきた不思議な母娘。冷たい村人たちの心を甘く優しいチョコレートで溶かし、愛情と、人生の喜びを再び教えてくれる……。

ピーター・パン
ジェイムズ・M・バリ
秋田博＝訳

永遠の子供ピーター・パンとウェンディたちがくり広げる、楽園ネバーランドでの冒険や海賊フックとの対決。夢と希望あふれる名作ファンタジー。